Ma vie et la psychanalyse

Sigmund Freud

" Ma vie et la psychanalyse "

Plusieurs collaborateurs de cette série d'autobiographies [Cette autobiographie de Freud a paru dans Die Medizin der Gegenwart in Selbstdarstellungen. (La médecine du présent : autobiographies), Leipzig, 1925. (N. d. T.)] commencent la leur par quelques réflexions relatives à la particularité et à la difficulté de la tâche par eux assumée. Je crois pouvoir dire que ma propre tâche semble encore compliquée par ceci : j'ai déjà publié à diverses reprises des études telles que celle qui m'est ici demandée, et la nature du sujet veut que mon rôle personnel y soit davantage mis en avant qu'il n'est d'usage ou qu'il ne semble en général nécessaire.
J'ai fait, en 1909, à la Clark University de Worcester (Massachusetts), en cinq conférences, le premier exposé du développement et du fond de la psychanalyse. J'y avais été appelé à l'occasion du vingtième anniversaire de la fondation de cette Université [Ces conférences ont paru en anglais dans le American Journal of Psychology, 1910, en allemand, sous le titre über Psychoanalyse, chez F. Deuticke, Leipzig-Vienne, 70 édition, 1924. Ces conférences, traduites en français, ont paru en 1921 à Genève chez Payot. sous le titre Cinq leçons sur la psychanalyse. Pour les autres références bibliographiques, voir la Bibliographie, page 89. (N. d. T.)]. Récemment j'ai cédé à la tentation de donner à une publication américaine un article de contenu analogue, cette publication d'ensemble - Des débuts du XXe siècle - ayant reconnu l'importance de la psychanalyse de par l'attribution d'un chapitre spécial [These eventful years. The twentieth century in the making as told by many et its makers. Two volumes. London and New-York. The

Encyclopaedia Britannica Company.

Mon article, traduit par le Dr A. A. BrilI, constitue le chapitre LXXIII du second volume.]. Entre les deux s'intercale un écrit : « Contribution à l'histoire du mouvement psychanalytique » (Zur Geschichte der psychoanalytischen Bewegung), paru en 1914, qui contient en somme tout l'essentiel de ce que j'aurai à dire ici. Comme je ne voudrais pas me contredire ni non plus trop me répéter, il me va falloir essayer de trouver une nouvelle formule de mélange entre les exposés subjectifs et objectifs, entre le biographique et l'historique.

I

Je suis né le 6 mai 1856, à Freiberg, en Moravie, une petite ville de la Tchécoslovaquie actuelle. Mes parents étaient juifs, moi-même suis demeuré juif. De ma famille paternelle, je crois savoir qu'elle séjourna longtemps dans les pays rhénans (à Cologne), qu'à l'occasion d'une persécution contre les juifs, au XIVe ou XVe siècle, elle s'enfuit vers l'Est et dans le courant du XIXe siècle qu'elle revint de Lituanie, par la Galicie, vers un pays de langue allemande, l'Autriche. Je lus amené, à l'âge de quatre ans, à Vienne, où je fis toute mon instruction. Au lycée je fus pendant sept ans premier de ma classe, j'y avais une situation privilégiée, je n'étais presque jamais soumis aux examens. Bien que nous fussions de condition très modeste, mon père voulut que je ne suivisse, dans le choix d'une profession, que mon inclination. Je ne ressentais pas, en ces jeunes années, une prédilection particulière pour la situation et les occupations du médecin; je ne l'ai d'ailleurs pas non plus ressentie depuis. J'étais plutôt mû par une sorte de soif de savoir, mais qui se portait plus sur ce qui touche les relations humaines que sur les objets propres aux sciences naturelles, soif de savoir qui n'avait d'ailleurs pas encore reconnu la valeur de l'observation comme moyen principal de se satisfaire. Cependant. la doctrine, alors en vogue, de Darwin m'attirait puissamment, comme promettant de donner une impulsion extraordinaire à la compréhension des choses de l'univers, et je me souviens qu'ayant entendu lire, peu avant la fin de mes études secondaires, dans une conférence populaire, le bel essai de Gœthe sur « La Nature », c'est cela qui me décida à m'inscrire à la Faculté de Médecine.

L'Université, où j'entrai en 1873, m'apporta d'abord quelques déceptions sensibles.

J'y rencontrai cette étrange exigence : je devais m'y sentir inférieur, et exclu de la nationalité des autres, parce que j'étais juif. La première de ces prétentions qu'on voulut m'imposer, je ne m'y soumis résolument pas. Je n'ai jamais pu saisir pourquoi je devrais avoir honte de mon origine, ou comme l'on commençait à dire : de ma race. Mais à la communauté de nationalité avec les autres je renonçai sans grand regret. Je pensais en effet qu'une petite place dans les cadres de l'humanité pourrait toujours se trouver pour un collaborateur zélé, même sans un tel enrôlement. Cependant une conséquence, pour plus tard importante, de ces premières impressions d'université fut de me familiariser de bonne heure avec le sort d'être dans l'opposition et de subir l'interdit d'une « majorité compacte ». Ainsi se prépara en moi une certaine indépendance en face de l'opinion.

De plus, je dus faire l'expérience, dès mes premières années universitaires, que la particularité et l'étroitesse de mes dons naturels m'interdisaient tout succès dans plusieurs branches de la science vers lesquelles je m'étais précipité dans mon zèle juvénile excessif. J'appris ainsi à reconnaître la vérité de l'avis que donne Méphisto :

En vain vous errez dans la science en tous sens,

Chacun n'apprend que ce qu'il peut apprendre [Vergebens, dass ihr ringsum wissenschaftlich sehweift. Ein jeder lernt nur, waser lernen kann. (Faust, 1re partie. Méphisto et l'élève) (N. d. T.)].

C'est dans le laboratoire de physiologie d'Ernest Brücke que je trouvai enfin le repos et une pleine satisfaction, ainsi que des personnes qu'il m'était possible de respecter et de prendre pour modèles.

Brücke me donna une tâche relative à l'histologie du système nerveux, que je pus à sa satisfaction mener à bien et poursuivre ensuite de façon indépendante. Je travaillai à ce laboratoire de 1876 à 1882 avec de courtes interruptions, et j'y passais là comme tout désigné pour la prochaine place vacante d'assistant. Les diverses branches de la médecine proprement dite - à l'exception de la psychiatrie - ne m'attiraient pas. Je poursuivais mes études médicales tout à fait négligemment et ne fus promu docteur en médecine qu'en 1881, donc avec un retard notable.

La volte-face se produisit en 1882, quand mon maître, que je respectais par-dessus tout, corrigea la généreuse légèreté de mon père en m'exhortant, vu ma mauvaise situation matérielle, à abandonner la voie des études théoriques. Je suivis son conseil, j'abandonnai le laboratoire de physiologie et entrai comme élève à l'hôpital (Allgemeines Krankenhaus). Là, je fus au bout de peu de temps promu interne et passai par divers services et plus de six mois dans celui de Meynert, dont l'œuvre et la personnalité m'avaient déjà fasciné lorsque j'étais étudiant.

En un certain sens, je restai cependant fidèle à l'orientation qu'avaient d'abord prise mes travaux. Brücke m'avait donné, comme thème de recherches, la moelle épinière de l'un des poissons les plus inférieurs (Ammocoetes-Petromyzon) ; je passai maintenant au système nerveux central de l'homme, sur la structure complexe duquel les découvertes de Flechsig concernant la formation successive des gaines médullaires venaient de jeter une vive lumière. Le fait que j'aie d'abord choisi uniquement et seulement le bulbe comme objet d'étude était encore un effet de mes débuts.

En opposition avec la nature diffuse de mes études pendant mes premières années d'université se développait maintenant en moi une tendance à la concentration exclusive du travail sur une seule matière ou un seul problème. Cette tendance m'est demeurée et m'a valu plus tard le reproche d'unilatéralité.

J'étais maintenant, à l'Institut d'anatomie cérébrale, un travailleur aussi zélé qu'auparavant à l'Institut physiologique. De petits travaux sur le trajet des fibres et l'origine des noyaux dans le bulbe ont pris naissance pendant ces années d'hôpital et ont été toutefois notés par Edinger. Un jour Meynert, qui m'avait ouvert le laboratoire, même avant que je ne fusse entré dans son service, me proposa, si je me consacrais définitivement à l'anatomie du cerveau, de me laisser faire son cours, car il se sentait trop âgé pour prendre en main les nouvelles méthodes. Je déclinai cette offre, effrayé par l'ampleur de la tâche ; j'avais peut-être déjà dès lors deviné que cet homme génial n'était nullement bien disposé à mon égard.

L'anatomie du cerveau, du point de vue pratique, n'était certes pas un progrès au regard de la physiologie. Je tins compte d'exigences matérielles en commençant l'étude des maladies nerveuses. Cette spécialité était alors à Vienne peu en vogue, les malades en étaient dispersés en diverses sections de la médecine interne, il n'y avait pas de bonnes occasions de se former, il fallait être son propre maître. Nothnagel, peu auparavant appelé à une chaire de par son livre sur les localisations cérébrales, ne favorisait pas la neuropathologie parmi les autres domaines partiels de la médecine interne. Au loin brillait le grand nom de Charcot, et c'est ainsi que je conçus le plan d'acquérir d'abord le grade de dozent pour les maladies nerveuses et ensuite d'aller à Paris poursuivre mon instruction.

Dans les années qui suivirent, pendant mon service d'internat, je publiai l'observation de divers cas relatifs à des maladies organiques du système nerveux. Je me familiarisai peu à peu avec ce domaine, je m'entendais à localiser un foyer dans le bulbe avec une précision telle que l'anatomo-pathologiste n'avait rien à ajouter, je fus le premier à Vienne qui envoya à la dissection un cas avec le diagnostic de polynévrite aiguë. La renommée de mes diagnostics confirmés par l'autopsie m'amena une affluence de médecins américains, à qui je faisais des cours avec présentation de malades de mon service, en une sorte de « Pidgin English ». Je ne comprenais rien aux névroses. Comme je présentais un jour à mes auditeurs un névropathe, affecté d'une céphalalgie fixe, pour un cas de méningite chronique circonscrite, ils s'écartèrent tous de moi dans un accès justifié de révolte critique, et mon professorat prématuré prit fin. A mon excuse soit dit que c'était alors le temps où de plus grandes autorités à Vienne diagnostiquaient la neurasthénie comme une tumeur du cerveau.

Au printemps de 1885, je fus reçu dozent de neuropathologie sur la base de mes travaux historiques et cliniques. Bientôt après, grâce à la chaude recommandation de Brücke, un subside assez élevé me fut

alloué pour un voyage. C'est l'automne de cette année-là que je partis
pour Paris.

J'entrai comme élève à la Salpêtrière, mais j'y fus, au début, perdu
parmi tous les élèves accourus de l'étranger, donc peu considéré. Un
jour j'entendis Charcot regretter que le traducteur allemand de ses
leçons n'eût plus donné signe de vie depuis la guerre. Il aimerait que
quelqu'un entreprit la traduction de ses « Nouvelles leçons ». Je lui
écrivis pour m'offrir à lui, je me souviens même que la lettre
contenait ce tour de phrase : je n'étais affecté que de l'aphasie
motrice, mais non pas de l'aphasie sensorielle du français.

Charcot m'agréa, m'introduisit dans son intimité et depuis lors
j'eus ma pleine part de tout ce qui avait lieu à la clinique.

A l'heure où j'écris ceci, je reçois de France d'innombrables articles et
coupures de journaux témoignant d'une lutte violente contre
l'acceptation de la psychanalyse et présentant mes rapports avec
l'école française sous les couleurs les plus fausses. Je lis par exemple
que j'utilisai mon séjour à Paris pour me familiariser avec les
doctrines de P. Janet, puis je pris la fuite avec mon larcin. C'est
pourquoi je veux mentionner expressément que le nom de Janet,
pendant mon séjour à la Salpêtrière, ne fut même pas prononcé.

De tout ce que je vis chez Charcot, ce qui me fit le plus d'impression,
ce furent ses dernières recherches, poursuivies en partie encore sous
mes yeux. Aussi la constatation de la réalité et de la légalité des
phénomènes hystériques (Introite et hic dii sunt !), la présence
fréquente de l'hystérie chez l'homme, la production de paralysies et
contractures hystériques de par la suggestion hypnotique, et ceci que
ces productions artificielles présentassent jusque dans le détail les
mêmes caractères que les spontanées, que les cas fortuits souvent dus
à un traumatisme. Bien des démonstrations de Charcot avaient chez
moi, comme chez d'autres élèves étrangers, éveillé d'abord de
l'étonnement et une tendance à la contradiction -manière de sentir
que nous tentions d'appuyer en faisant appel à l'une ou l'autre des
théories alors en vogue. Charcot répondait toujours à nos objections
avec affabilité et patience, mais aussi avec beaucoup de décision ;
dans l'une de ces discussions il laissa tomber ces mots : Ça

n'empêche pas d'exister [En français dans le texte. (N. d. T.)], paroles qui devaient s'imprimer en moi de façon inoubliable.

On sait que tout ce que Charcot nous enseignait alors ne s'est pas maintenu. Une partie en est devenue incertaine, une autre n'a évidemment pas subi l'épreuve du temps. Mais il est demeuré assez de cette oeuvre pour pouvoir constituer un patrimoine durable de la science. Avant que je ne quittasse Paris, je concertai avec le maître le plan d'un travail ayant pour but la comparaison entre les paralysies hystériques et les organiques. Je voulais y démontrer la thèse que, dans l'hystérie, les paralysies et anesthésies des diverses parties du corps sont délimitées suivant la représentation populaire (non anatomique), que s'en font les hommes. Il était d'accord avec moi, mais on pouvait aisément voir qu'au fond il n'avait aucune prédilection pour une étude psychologique approfondie de la névrose. Il était donc venu de l'anatomie pathologique.
Avant de rentrer à Vienne, je m'arrêtai quelques semaines à Berlin, afin d'y acquérir quelques connaissances sur les maladies générales des enfants. Kassowitz, qui dirigeait à Vienne une consultation d'enfants malades, m'avait promis de m'y organiser un service pour les enfants atteints de maladies nerveuses. Je trouvai à Berlin, chez Ad. Baginsky, un accueil amical et des encouragements. A l'Institut Kassowitz, dans le cours des années suivantes, je publiai quelques travaux assez étendus relatifs aux paralysies cérébrales des enfants, uni- ou bilatérales. C'est pourquoi aussi, plus tard, en 1897, Nothnagel me confia ce sujet dans son grand Manuel de thérapeutique générale et spéciale.
En 1886, à l'automne, je m'établis comme médecin à Vienne et j'épousai la jeune fille qui depuis plus de quatre ans m'avait attendu dans une ville lointaine.

Je ferai un retour en arrière en racontant que ce fut la faute de ma fiancée si je ne suis pas devenu célèbre déjà en ces jeunes années. De par un intérêt divergent de mes études, mais pourtant profond, j'avais été amené, en 1884, à faire venir de chez Merck un alcaloïde alors peu connu, la cocaïne, et à étudier ses effets physiologiques. Comme j'étais plongé dans ces travaux, s'offrit à moi la possibilité d'un voyage me permettant de revoir ma fiancée dont j'avais été séparé deux années. Je conclus à la hâte mes recherches sur la cocaïne et, dans ma publication, j'annonçai que bientôt on verrait de nouvelles applications de cette substance. Je chargeai cependant mon ami, l'oculiste L. Königstein, d'essayer jusqu'à quel point les propriétés anesthésiantes de la cocaïne pourraient être utilisées sur l'œil malade. Quand je revins de congé, j'appris que, non pas lui, mais un autre ami, Carl Koller (actuellement à New York) à qui j'avais aussi parlé de la cocaïne, avait fait les expériences décisives sur l'œil des animaux et les avait présentées au Congrès d'Ophtalmologie de Heidelberg. Koller passe par conséquent à juste titre pour avoir découvert l'anesthésie locale par la cocaïne, devenue d'une telle importance en petite chirurgie. Cependant, je n'ai pas gardé rancune à ma fiancée de l'occasion perdue alors.

J'en reviens à mon établissement à Vienne, en 1886 comme spécialiste des maladies nerveuses. J'avais à faire, à la Société des Médecins, un rapport sur ce que j'avais vu et appris auprès de Charcot. Mais je fus mal reçu. Des autorités, telles que Bamberger, le président, déclarèrent que ce que je racontais n'était pas digne de foi. Meynert me somma de rechercher dans Vienne des cas semblables à ceux que je décrivais, et de les présenter à la Société des Médecins.

C'est ce que j'essayai, mais les médecins des hôpitaux dans les services desquels je trouvai de pareils cas se refusèrent à me laisser les observer et m'en occuper. L'un d'eux, un vieux chirurgien, s'écria : « Mais, mon cher collègue, comment pouvez-vous dire de telles absurdités! Hysteron (sic) veut donc dire utérus. Comment donc un homme peut-il être hystérique ? » J'objectai en vain que ce dont j'avais besoin était la possibilité d'observer le cas et non une approbation de mon diagnostic. Je découvris enfin, en dehors de l'hôpital, un cas classique d'hémianesthésie hystérique chez un homme, cas que je présentai à la Société des Médecins. Cette fois je recueillis des applaudissements, puis on ne s'intéressa plus à moi. L'impression que les « autorités compétentes » avaient repoussé mes nouveautés demeura chez tous inébranlée; je me trouvai, avec l'hystérie chez l'homme et la production, de par la suggestion, de paralysies hystériques, rejeté dans l'opposition. Comme bientôt après le laboratoire d'anatomie cérébrale me fut fermé et que pendant des semestres je n'eus plus de local où faire mon cours, je me retirai de la vie académique et médicale. Je ne suis plus jamais retourné à la Société des Médecins depuis lors.

Qui veut vivre du traitement des malades nerveux doit évidemment pouvoir faire quelque chose pour eux. Mon arsenal thérapeutique ne contenait que deux armes: l'électrothérapie et l'hypnose, car l'envoi dans un établissement hydrothérapique après une consultation unique n'était pas une source de gain suffisante. Je m'en rapportai, en ce qui concerne l'électrothérapie, au manuel de W. Erb, qui donnait des prescriptions détaillées sur le traitement de tous les symptômes des maladies nerveuses.

Je devais malheureusement bientôt reconnaître que ma docilité à suivre ces prescriptions n'était d'aucune efficacité, que ce que j'avais pris pour le résultat d'observations exactes n'était qu'un édifice fantasmagorique. La découverte qu'un livre signé du premier nom de la neuropathologie allemande n'avait pas plus de rapports à la réalité que, par exemple, une clef des songes « égyptienne » telle qu'on en vend dans nos librairies populaires, fut douloureuse, mais elle m'aida à perdre encore un peu de la naïve croyance aux autorités dont je ne m'étais pas encore rendu indépendant. Je mis donc l'appareil électrique de côté, avant même que Moebius n'ait proféré ces paroles libératrices : les succès du traitement électrique quand il en est - ne sont dus qu'à la suggestion médicale.

Les choses semblaient en meilleure posture avec l'hypnose. Encore étudiant, j'avais assisté à une séance du « magnétiseur » Hansen, et j'avais remarqué que l'une des personnes soumises à ses essais était devenue d'une pâleur mortelle au moment où elle tombait en catalepsie et était demeurée telle pendant toute la durée de cet état. Ceci assit sur une base ferme ma conviction de la réalité des phénomènes hypnotiques. Bientôt après, cette manière de voir trouva dans Heidenhain son protagoniste scientifique, ce qui n'empêcha pas les professeurs de psychiatrie de déclarer pendant longtemps encore que l'hypnose est une charlatanerie et, de plus, une charlatanerie périlleuse, et de mépriser de très haut les hypnotiseurs. J'avais pu voir à Paris comment l'on se servait sans hésiter de l'hypnose pour créer, chez les malades, des symptômes, et ensuite pour les en délivrer. C'est alors que la nouvelle nous parvint qu'à Nancy avait pris naissance une école qui se servait largement de la suggestion, avec ou sans hypnose, et ceci avec un succès tout particulier, dans des buts thérapeutiques.

Ainsi, tout naturellement, dans les premières années de ma pratique médicale, - sans tenir compte des méthodes psychothérapiques employées parfois de façon non systématique, - la suggestion devint mon principal instrument de travail.
J'avais par là renoncé au traitement des maladies nerveuses organiques, mais il n'y avait pas grande perte. Car d'une part la thérapie de ces états n'offrait en rien de satisfaisantes perspectives et, d'autre part, dans la pratique privée du médecin établi en ville, le petit nombre des malades de cet ordre disparaissait au regard du nombre immense des névrosés, nombre encore multiplié par le fait que ces malades couraient, sans trouver de secours, d'un médecin à l'autre. D'ailleurs le travail au moyen de l'hypnose était fascinant. On éprouvait pour la première fois le sentiment d'avoir surmonté sa propre impuissance, le renom d'être un thaumaturge était très flatteur. Je devais découvrir plus tard quels étaient les défauts du procédé. Pour le moment je ne pouvais me plaindre que de deux choses: en premier lieu, qu'on ne réussît pas à hypnotiser tous les malades; en second lieu, qu'on ne fût pas maître de plonger tout le monde dans une hypnose aussi profonde qu'on l'eût souhaité. Dans l'intention de parfaire ma technique hypnotique, je partis, l'été de 1889, pour Nancy, où je passai plusieurs semaines. Je vis le vieux et touchant Liébault à l'œuvre, auprès des pauvres femmes et enfants de la population prolétaire ; je fus témoin des étonnantes expériences de Bernheim sur ses malades d'hôpital, et c'est là que je reçus les plus fortes impressions relatives à la possibilité de puissants processus psychiques demeurés cependant cachés à la conscience des hommes.

Afin de m'instruire, j'avais amené une de mes patientes à me suivre à Nancy. C'était une hystérique fort distinguée, génialement douée, qui m'avait été abandonnée parce qu'on ne savait quoi en faire. Je lui avais rendu possible, par la suggestion hypnotique, l'existence, et il était resté en mon pouvoir de la relever toujours à nouveau quand elle retombait dans son misérable état. Comme elle faisait toujours, après quelque temps, des récidives, je l'attribuais, dans mon ignorance d'abord, à ceci que son hypnose n'avait jamais atteint le degré de somnambulisme avec amnésie. Bernheim essaya plusieurs fois à son tour de la plonger dans une profonde hypnose, mais il ne réussit pas mieux que moi. Il m'avoua franchement n'avoir jamais obtenu ses grands succès thérapeutiques par la suggestion ailleurs que dans sa pratique d'hôpital, et pas sur les malades qu'il avait en ville. J'eus avec lui beaucoup d'entretiens intéressants et j'entrepris de traduire en allemand ses deux ouvrages sur la suggestion et ses effets thérapeutiques.

De 1886 à 1891, j'ai peu travaillé scientifiquement et n'ai presque rien publié. J'étais pris par la nécessité de m'établir dans ma profession nouvelle et d'assurer mon existence matérielle ainsi que celle de ma famille rapidement croissante. En 1891, parut le premier des travaux relatifs aux paralysies cérébrales, rédigé en collaboration avec mon ami et assistant le docteur Oscar Rie. La même année une proposition de collaborer à un dictionnaire médical m'incita à élucider le problème de l'aphasie, alors dominé par le point de vue étroit des localisations de Wernicke-Lichtheim. Un petit livre spéculatif-critique: De la conception des aphasies (Zur Auffassung der Aphasien) fut le fruit de ces efforts.

Il me faut maintenant poursuivre et faire voir comment l'investigation scientifique redevint l'intérêt capital de ma vie.

II

Complétant mon exposé, je dois avouer avoir dès l'origine fait encore un autre emploi de l'hypnose que la suggestion hypnotique. Je m'en servais pour explorer l'âme du malade relativement à l'histoire de sa maladie, à la genèse de celle-ci, histoire et genèse qu'il ne pouvait, à l'état de veille, souvent pas du tout ou fort incomplètement me faire savoir. Cette manière de procéder ne semblait pas seulement plus efficace que la simple suggestion qui ordonne ou défend : Elle satisfait aussi la soif de savoir du médecin, qui avait donc le droit d'apprendre quelque chose de relatif à l'origine du phénomène qu'il cherchait à guérir par le procédé monotone de la suggestion.

J'en étais venu à cette autre manière d'agir de la façon suivante. Quand j'étais encore au Laboratoire de Brücke, j'avais fait la connaissance du docteur Joseph Breuer, l'un des médecins praticiens les plus en vue de Vienne, mais ayant aussi un passé scientifique, plusieurs travaux d'une valeur durable lui étant dus sur la physiologie de la respiration et sur l'organe de l'équilibre. C'était un homme d'une intelligence hors ligne, de quatorze ans plus âgé que moi; nos relations se firent bientôt plus intimes, il devint mon ami et soutien dans les conditions de vie difficiles où je me trouvais. Nous nous étions accoutumés à mettre en commun tous nos intérêts scientifiques. Naturellement, dans ces rapports, c'était moi la partie gagnante. Le développement de la psychanalyse m'a coûté son amitié. Il ne me fut pas facile de le payer de ce prix, mais c'était inévitable.

Breuer m'avait communiqué, avant même que je n'allasse à Paris, ses observations sur un cas d'hystérie, qu'il avait traité de 1880 à 1882 par un procédé spécial, ce qui lui avait permis d'acquérir des aperçus profonds sur l'étiologie et sur la signification des symptômes hystériques.

Ceci avait lieu en un temps où les travaux de Janet appartenaient encore à l'avenir. Il me lut à diverses reprises des fragments de l'histoire de sa malade, et j'en reçus l'impression que jamais n'avait été encore accompli un tel pas dans la compréhension de la névrose. Je résolus de faire part à Charcot de ces résultats quand j'irais à Paris, ce qu'en effet je fis. Mais le maître, dès mes premières allusions, ne manifesta aucun intérêt, ce qui fit que je n'y revins pas et ne m'occupai moi-même plus de la chose.

Rentré à Vienne, je portai à nouveau mon attention sur l'observation de Breuer et je m'en fis conter plus de détails. La patiente qu'avait eue Breuer était une jeune fille douée d'une culture et d'aptitudes peu communes, tombée malade pendant qu'elle soignait un père tendrement aimé. Quand Breuer entreprit de s'occuper de son cas, elle présentait un tableau clinique bigarré de paralysies avec contractures, d'inhibitions et d'états de confusion mentale. Une observation fortuite permit au médecin de s'apercevoir qu'on pouvait la délivrer de l'un de ces troubles de la conscience quand on la mettait à même d'exprimer verbalement le fantasme affectif qui la dominait à ce moment. Une méthode thérapeutique résulta pour Breuer de cette observation. Il plongeait sa malade en une hypnose profonde et la laissait chaque fois raconter ce qui oppressait son âme. Après que les états de confusion dépressive eurent ainsi disparu, Breuer employa la même méthode afin de lever les inhibitions et de délivrer la malade de ses troubles corporels. A l'état de veille, la jeune fille n'aurait pu dire - en ceci semblable aux autres malades - comment ses symptômes avaient pris naissance et ne trouvait aucun lien entre eux et une impression quelconque de sa vie.

En état d'hypnose, elle découvrait aussitôt les rapports cherchés. Il se révéla que tous ces symptômes remontaient à des événements l'ayant impressionnée vivement, survenus au temps où elle soignait son père malade ; ces symptômes avaient donc un sens et correspondaient à des reliquats ou réminiscences de ces situations affectives. D'ordinaire les choses s'étaient passées ainsi : elle avait dû réprimer, au chevet de son père, une pensée ou une impulsion à la place de laquelle, comme son représentant, était plus tard apparu le symptôme. En règle générale, le symptôme n'était pas le précipité d'une seule de ces scènes « traumatiques », mais le résultat de la sommation d'un grand nombre de situations analogues. Quand la malade se souvenait hallucinatoirement pendant l'hypnose d'une telle situation et réussissait à accomplir ainsi après coup l'acte psychique autrefois réprimé en extériorisant librement l'affect, le symptôme était balayé et ne reparaissait plus. C'est par cette méthode que Breuer réussit, après un long et pénible travail, à délivrer sa malade de tous ses symptômes.

La malade avait guéri et était restée bien portante, était même devenue capable d'une réelle et importante activité dans la vie. Mais sur l'issue du traitement hypnotique régnait une obscurité que Breuer ne dissipa jamais; je ne pouvais pas non plus comprendre pourquoi il avait tenu si longtemps secrète une connaissance qui me semblait inappréciable, au lieu d'en enrichir la science. La question qui se posait ensuite était de savoir si l'on était justifié à généraliser ce qu'il avait trouvé à propos d'un seul cas. Les relations découvertes par lui me semblaient d'une nature si fondamentale que je ne pouvais croire qu'elles fissent défaut dans un cas quelconque d'hystérie, du moment qu'elles avaient été démontrées comme existant déjà dans un cas.

Cependant, l'expérience seule pouvait trancher la question. Je commençai donc à reproduire les recherches de Breuer sur mes malades, et je ne fis d'ailleurs plus rien d'autre, surtout après que la visite chez Bernheim, en 1889, m'eut montré les limites d'efficacité de la suggestion hypnotique. Après n'avoir trouvé, durant plusieurs années, que des confirmations, et disposant d'un imposant ensemble d'observations analogues aux siennes, je lui proposai une publication faite en commun, idée contre laquelle il commença par se défendre violemment. Il finit par céder, après qu'entre-temps les travaux de Janet eurent anticipé sur une partie de ses résultats : le rattachement des symptômes hystériques à des impressions de la vie et leur levée

de par leur reproduction sous hypnose in statu nascendi. Nous fîmes paraître en 1893 une étude préalable : « Du Mécanisme psychique des phénomènes hystériques » (Über den psychischen Mechanismus hysterischer Phänomene). En 1895 suivit notre livre
« Études sur l'hystérie » (Studien aber Hysterie).
Si l'exposé que j'ai fait jusqu'ici a éveillé chez le lecteur l'idée que les« Études sur l'hystérie » fussent, en tout ce qu'elles contiennent d'essentiel par rapport à leur contenu matériel, la propriété intellectuelle de Breuer, voilà qui est précisément ce que j'ai toujours prétendu moi-même et que je voulais ici déclarer. Quant à la théorie que le livre tente d'édifier, j'y ai collaboré dans une mesure qu'il n'est plus possible aujourd'hui de définir. Celle-ci est modeste, elle ne dépasse pas de beaucoup l'expression immédiate des observations. Elle ne cherche pas à approfondir la nature de l'hystérie, mais simplement à éclairer la genèse de ses symptômes.

Elle souligne ce faisant la signification de la vie affective, l'importance qu'il y a à distinguer entre actes psychiques inconscients et conscients (ou plutôt : capables de parvenir à la conscience) ; elle introduit un facteur dynamique en faisant naître le symptôme de par l'accumulation d'un affect - et un facteur économique, en considérant ce même symptôme comme le résultat du déplacement d'une masse énergétique d'ordinaire autrement employée (ceci est la conversion). Breuer appela notre méthode la cathartique; nous lui donnions pour but thérapeutique de ramener dans les chemins normaux, afin qu'elle puisse s'y écouler (être abréagie), la charge affective engagée dans des voies fausses et qui y était pour ainsi dire demeurée coincée. Le succès pratique de la méthode cathartique était excellent. Les défauts qui s'y révélèrent plus tard étaient ceux de tout traitement par l'hypnose. Il est encore aujourd'hui un certain nombre de psychothérapeutes qui en sont restés à la catharsis telle que l'entendait Breuer et trouvent à s'en louer. Dans le traitement des névroses de guerre de l'armée allemande pendant la guerre mondiale, elle a de nouveau fait ses preuves comme procédé thérapeutique succinct, ceci entre les mains de E. Simmel. Il n'est pas beaucoup question de sexualité dans la théorie de la catharsis. Dans leshistoires

de malades qui furent ma contribution aux « Études », des facteurs de la vie sexuelle jouent un certain rôle, mais il leur est à peine attribué une valeur différente de celle d'autres émois affectifs. De sa première patiente, devenue si célèbre, Breuer rapporte que le sexuel chez elle était étonnammentpeu développé. On n'aurait pu aisément deviner, d'après les « Études sur l'Hystérie », quelle importance a la sexualité dans l'étiologie des névroses.
Ce qui s'ensuivit alors, le passage de la catharsis à la psychanalyse proprement dite, je l'ai déjà tant de fois décrit en détail qu'il me sera difficile de dire ici quelque chose de nouveau.

L'événement qui inaugura cette période fut le retrait de Breuer de notre communauté de travail, ce qui me laissa seul à gérer son héritage. De bonne heure, des divergences d'opinion s'étaient manifestées entre nous, mais incapables d'amener notre séparation. A la question : quand un courant affectif devient-il pathogène, c'est-à-dire quand est-il exclu d'une résolution normale, Breuer préférait répondre par une théorie pour ainsi dire physiologique ; il pensait que les processus ayant pris naissance dans certains états psychiques inaccoutumés - hypnoïdes - étaient ceux qui étaient soustraits à un destin normal. Une nouvelle question se posait alors : quelle était l'origine de ces états hypnoïdes ? Je croyais pour ma part plutôt à un jeu de forces, à l'action d'intentions et de tendances, telles qu'on les peut observer dans la vie normale. Ainsi la « théorie hypnoïde » s'opposait à la « névrose de défense ». Mais ceci et des oppositions de cet ordre n'auraient pas détourné Breuer de notre travail, si d'autres facteurs ne s'y étaient adjoints. L'un d'eux était certes qu'en tant que médecin praticien très recherché par les familles il était très pris et ne pouvait pas comme moi consacrer toutes ses forces au travail cathartique. En outre, il se laissa influencer par l'accueil que notre livre rencontra à Vienne et en Allemagne. Sa foi en lui-même et sa capacité de résistance n'étaient pas à la hauteur de son organisation intellectuelle. Les« Études » ayant par exemple été durement traitées par Strümpell, tandis qu'il me fut possible de rire de cette critique incompréhensive, lui se sentit blessé et découragé. Mais ce qui contribua le plus à sa résolution fut que mes propres travaux prirent alors une direction avec laquelle il tenta vainement de se familiariser.

La théorie que nous avions tenté d'édifier dans les « Études » était restée encore très incomplète ; en particulier le problème de l'étiologie, la question de savoir sur quel terrain le processus pathogène prend naissance, avait été à peine touché par nous. Des expériences qui s'accumulaient rapidement me montraient maintenant que, derrière les phénomènes de la névrose, ce n'était pas n'importe quels émois affectifs qui agissaient, mais régulièrement des émois de nature sexuelle, soit des conflits actuels sexuels, soit des contrecoups d'événements sexuels précoces. Je n'étais pas préparé à ce résultat, mon attente n'y avait aucune part, j'avais abordé l'examen des névrosés en état d'ingénuité parfaite. Tandis que j'écrivais, en 1914, la « Contribution à l'histoire du mouvement psychanalytique », le souvenir me revint de quelques propos de Breuer, de Charcot et de Chrobak par lesquels j'aurais pu plus tôt acquérir cette notion. Mais je n'avais pas alors compris ce que ces hommes, doués d'une si haute autorité, entendaient en parlant ainsi : ils m'en avaient dit davantage qu'ils ne savaient eux-mêmes et n'étaient prêts à soutenir. Ce que j'avais recueilli de leurs lèvres dormait inactif en moi, jusqu'à ce qu'à l'occasion des investigations cathartiques ceci resurgit comme une connaissance apparemment originale. Je ne savais pas non plus alors qu'en rattachant l'hystérie à la sexualité j'étais remonté aux temps les plus anciens de la médecine et que j'avais renoué la tradition de Platon. c'est par un article de Havelock Ellis que je l'appris plus tard. Sous l'influence de ma surprenante trouvaille, je fis une démarche lourde de conséquences. Je sortis du domaine de l'hystérie et commençai à explorer la vie sexuelle des « neurasthéniques » qui se pressaient en grand nombre à ma consultation. Cette expérience me coûta certes la faveur dont j'avais pu jouir comme médecin, mais elle m'apporta des convictions qui, encore aujourd'hui, près de trente ans plus tard, ne sont pas encore affaiblies.

Il y avait beaucoup de mensonge et de dissimulation à surmonter, mais quand en y était parvenu, on trouvait que chez tous ces malades se rencontraient degraves « mésusages » de la fonction sexuelle.

Étant donné, d'une part, la grande fréquence de ces mésusages, et de l'autre, de la neurasthénie, la coïncidence des deux n'avait naturellement pas grande force convaincante, mais les choses n'en restèrent non pas plus à cette constatation grossière. Une observation plus aiguisée me permit d'isoler, hors du pêle-mêle des tableaux cliniques que l'on confondait sous le nom de neurasthénie, deux types fondamentalement différents, qui pouvaient se présenter à l'état de mélange, mais qu'on pouvait cependant observer à l'état pur. Dans l'un des types le phénomène central était l'accès d'angoisse avec ses équivalents, ses formes rudimentaires et ses symptômes substitutifs chroniques ; je l'appelai, à cause de cela, névrose d'angoisse, Je limitai la dénomination de neurasthénie à l'autre type. Il était maintenant aisé d'établir qu'à chacun de ces types correspondait, comme facteur étiologique, une anomalie différente de la vie sexuelle (coïtus interruptus, excitation fruste, abstinence sexuelle dans la névrose d'angoisse ; masturbation excessive, pollutions répétées dans la neurasthénie). Pour quelques cas particulièrement instructifs, chez qui avait eu lieu une volte-face surprenante du tableau clinique d'un type à l'autre, il fut possible de prouver qu'un changement correspondant du régime sexuel était à la base de ce changement. Parvenait-on à faire cesser ce mésusage et à le remplacer par une activité sexuelle normale, on en était récompensé par une amélioration notable de l'état.
C'est ainsi que je fus conduit à reconnaître les névroses en général comme des troubles de la fonction sexuelle, ce qu'on nomme les névroses actuelles étant l'expression toxique directe de ces troubles, et les psychonévroses en étant l'expression psychique.

Ma conscience médicale se sentit par là satisfaite. J'espérais avoir comblé une lacune de la médecine qui, en ce qui regarde cette fonction biologiquement si importante, ne voulait considérer que les dommages dus à une infection ou à de grossières lésions anatomiques. De plus, ceci agréait à ma conception médicale que la sexualité ne fût pas qu'une chose purement psychique. Elle avait aussi son côté somatique, on était en droit de lui attribuer un chimisme particulier et de faire dériver l'excitation sexuelle de la présence de substances déterminées, bien qu'encore inconnues. Il devait y avoir aussi de bonnes raisons à ce que les névroses vraies, spontanées, n'offrissent autant de ressemblance avec aucun autre groupe morbide qu'avec les phénomènes, due à l'intoxication et à l'abstinence, produits par l'absorption ou la privation de certaines substances toxiques, ou bien avec le mal de Basedow dont la dépendance du produit de la glande thyroïde est connue.

Je n'ai plus eu l'occasion de revenir plus tard à l'investigation des névroses actuelles. Cette partie de mon travail n'a pas non plus été reprise par d'autres. En regardant aujourd'hui mes résultats d'alors, je dois les reconnaître comme une primitive et grossière schématisation d'un état de choses vraisemblablement bien plus compliqué. Mais ils me semblent en gros encore aujourd'hui justes. J'aurais volontiers, par la suite, soumis à un examen psychanalytique encore des cas de pure neurasthénie juvénile; cela n'a pu malheureusement se faire. Afin d'aller au-devant d'une interprétation erronée, je veux ici faire ressortir que je suis très loin de nier l'existence de conflits psychiques et de complexes névrotiques dans la neurasthénie.

Je soutiens seulement que les symptômes de ces malades ne sont ni psychiquement déterminés ni analytiquement résolubles, mais doivent être envisagés comme des conséquences toxiques directes du chimisme sexuel troublé.

Ayant acquis, au cours des années qui suivirent la publication des « Études sur l'hystérie », ces vues sur le rôle étiologique de la sexualité dans les névroses, je fis quelques conférences, où je les exposai, dans des sociétés médicales, mais je ne rencontrai qu'incrédulité et contradiction. Breuer essaya quelquefois encore de jeter en ma faveur, dans la balance, le grand poids de la considération personnelle dont il jouissait, mais il n'arriva à rien, et il était aisé de voir que la reconnaissance de l'étiologie sexuelle allait aussi à l'encontre de ses inclinations. En se référant à sa première patiente, chez qui le facteur sexuel n'aurait soi-disant joué aucun rôle, il aurait pu me battre ou me confondre. Il ne le fit cependant jamais; je ne compris longtemps pas pourquoi, - jusqu'au jour où j'appris à interpréter correctement ce cas et, d'après quelques remarques qu'il

m'avait faites autrefois, à reconstruire quelle issue avait eu son traitement. Après que le travail cathartique eut semblé terminé, s'était tout à coup produit chez la jeune fille un état d' « amour de transfert », qu'il n'avait plus alors rapporté à sa maladie, ce qui fait que, tout interdit, il avait pris la fuite. Il lui était évidemment pénible qu'on lui rappelât cet insuccès apparent. Dans son attitude envers moi il oscilla un temps entre la reconnaissance de mes idées ou leur âpre critique, puis des hasards survinrent tels qu'il n'en manque jamais dans les situations tendues, et nous nous séparâmes.
Le fait de m'occuper des diverses formes de la nervosité en général eut alors pour conséquence de me faire modifier la technique cathartique.

J'abandonnai l'hypnose et cherchai à la remplacer par une autre méthode voulant sortir de la limitation thérapeutique aux états hystériques. Deux graves objections s'élevaient, à mesure que progressait mon expérience, contre l'emploi de l'hypnose, même au service de la catharsis. La première était que les plus beaux résultats eux-mêmes s'évanouissaient soudain, dès que la relation personnelle au patient était troublée. Ils reparaissaient, certes, lorsqu'on avait trouvé le chemin de la réconciliation, mais on avait appris que la relation affective personnelle était plus puissante que tout travail cathartique et justement ce facteur se soustrayait à notre maîtrise. Puis je fis un jour une expérience qui me montra sous un jour des plus crus ce que je soupçonnais depuis longtemps. Comme ce jour-là je venais de délivrer de ses maux l'une de mes plus dociles patientes, chez qui l'hypnose avait permis les tours de forces les plus réussis, en rapportant ses crises douloureuses à leurs causes passées, ma patiente en se réveillant me jeta les bras autour du cou. L'entrée inattendue d'une personne de service nous évita une pénible explication, mais nous renonçâmes de ce jour et d'un commun accord à la continuation du traitement hypnotique. J'avais l'esprit assez froid pour ne pas mettre cet événement au compte de mon irrésistibilité personnelle et je pensai maintenant avoir saisi la nature de l'élément mystique agissant derrière l'hypnose. Afin de l'écarter ou du moins de l'isoler, je devais abandonner l'hypnose.

L'hypnose avait cependant rendu d'extraordinaires services au traitement cathartique, en élargissant le champ de la conscience des patients et en mettant à leur disposition un savoir dont ils ne disposaient pas à l'état de veille.

Il ne semblait pas aisé en ceci de la remplacer. Dans cet embarras, vint à mon secours le souvenir d'une expérience dont j'avais été souvent témoin chez Bernheim. Quand la personne en expérience s'éveillait de son somnambulisme, elle semblait avoir perdu tout souvenir de ce qui s'était passé pendant que durait cet état. Mais Bernheim affirmait qu'elle le savait quand même, et lorsqu'il la sommait de se souvenir, quand il assurait qu'elle savait tout, qu'elle devait donc le dire, et quand il lui posait encore de plus la main sur le front, alors les souvenirs oubliés revenaient vraiment, d'abord hésitants, puis en masse et avec une parfaite clarté. Je décidai de faire de même. Mes malades devaient eux aussi tout savoir de ce que l'hypnose seule leur rendait accessible, et mes affirmations et sollicitations, soutenues peut-être par quelque imposition des mains, devaient avoir le pouvoir de ramener à la conscience les faite et rapports oubliés. Cela semblait certes devoir être plus pénible que de mettre quelqu'un en état d'hypnose, mais c'était peut-être très instructif. J'abandonnai donc l'hypnose et je n'en conservai que la position du patient, couché sur un lit de repos, derrière lequel je m'assis, ce qui me permettait de voir sans être vu moi-même.

<h1 style="text-align:center">III</h1>

Les choses se passèrent suivant mon attente, je fus libéré de l'hypnose, mais avec le changement de technique le travail cathartique changea aussi de face. L'hypnose avait recouvert un jeu de forces qui maintenant se dévoila, et dont la compréhension donna à la théorie un fondement sûr.

Comment se faisait-il que les malades eussent oublié tant de faits de leur vie extérieure et intérieure et qu'ils pussent cependant se les rappeler lorsqu'on leur appliquait la technique sus-décrite ? L'observation répondit à ces questions d'une façon complète. Tout ce qui était oublié avait été pénible ou bien effrayant ou bien douloureux ou bien honteux au regard des prétentions qu'avait la personnalité. L'idée s'imposait d'elle-même : c'est justement pourquoi cela avait été oublié, c'est-à-dire n'était pas demeuré conscient. Afin de le faire redevenir conscient, il fallait surmonter quelque chose chez le malade, quelque chose qui se défendait, il fallait déployer soi-môme des efforts, afin de faire pression sur celui-ci et de le contraindre. L'effort exigé du médecin était différent suivant les différents cas, il croissait en proportion directe de la difficulté du ressouvenir. La quantité de l'effort du médecin était évidemment la mesure d'une résistance du malade. On n'avait plus qu'à traduire en paroles ce qu'on avait soi-même ressenti, et l'on était en possession de la théorie du refoulement.

Le processus pathogène se laissait maintenant reconstruire avec facilité. Pour nous en tenir à un exemple simple, une tendance isolée avait surgi dans la vie psychique, tendance à laquelle d'autres, puissantes, s'étaient opposées. Le conflit psychique alors naissant devait, d'après notre attente, suivre un cours tel que les deux grandeurs dynamiques - appelons-les instinct et résistance - luttassent l'une contre l'autre un temps, la conscience prenant puissamment part au conflit, et ceci jusqu'à ce que l'instinct ait été repoussé et dépouillé de son investissement énergétique.

Voilà la solution normale. Mais dans la névrose - pour des raisons encore inconnues - le conflit avait trouvé une autre issue. Le moi s'était pour ainsi dire retiré dès le premier heurt avec l'émoi instinctif réprouvé, lui avait fermé l'accès à la conscience et à la décharge motrice directe, mais dans tout cela cet émoi avait conservé son plein investissement énergétique. J'appelais ce processus refoulement ; il constituait une nouveauté, rien de semblable n'avait jamais été reconnu dans la vie psychique. Il représentait évidemment un mécanisme primaire de défense, comparable à une tentative de fuite, précurseur de la solution normaleultérieure par le jugement. À ce premier acte de refoulement se rattachaient d'autres conséquences. D'abord, il fallait que le moi se protégeât contre la poussée toujours prête de l'émoi refoulé par un effort permanent, un contre-investissement, ce par quoi il s'appauvrissait ; d'autre part le refoulé, maintenant inconscient, pouvait chercher une dérivation et des satisfactions substitutives par des voies détournées et de cette manière faire échouer les intentions du refoulement. Dans l'hystérie de conversion cette voie détournée menait à l'innervation corporelle, l'émoi refoulé se faisait jour en l'un ou l'autre point du corps et se créait les symptômes, qui étaient ainsi des produits de compromis, à la vérité des satisfactions substitutives, mais cependant déformées et détournées de leur but par la résistance du moi.
La doctrine du refoulement devint la pierre angulaire de la compréhension des névroses. La tâche thérapeutique devait maintenant être conçue autrement, son but n'était plus l' « abréaction » de l'affect engagé dans des voies fausses, mais la découverte des refoulements et leur résolution par des actes de jugement, qui pouvaient consister en l'acceptation ou en la condamnation de ce qui avait été autrefois repoussé.

Je tins compte du nouvel état des choses en appelant cette méthode d'investigation et de guérison non plus catharsis mais psychanalyse.

On peut partir du refoulement comme d'un centre et le relier à toutes les parties de la doctrine psychanalytique. Je veux auparavant faire encore une remarque d'ordre polémique. D'après Janet, l'hystérique était une pauvre personne qui, en vertu d'une faiblesse constitutionnelle, ne pouvait pas rassembler ses diverses activités psychiques. C'est pourquoi elle aurait été la proie de la dissociation psychique et du rétrécissement du champ de la conscience. D'après les résultats de l'investigation psychanalytique, ces phénomènes étaient dus à des facteurs dynamiques, au conflit psychique et au refoulement consommé. Je crois cette différence d'une assez grande portée et susceptible de mettre fin au caquetage toujours renouvelé d'après lequel ce que la psychanalyse peut contenir ayant quelque valeur se réduit à un emprunt aux idées de Janet. Mon exposé a pu montrer au lecteur que la psychanalyse, du point de vue historique, est absolument indépendante des découvertes de Janet, comme elle s'en écarte par son contenu et les dépasse de beaucoup par sa portée. Des travaux de Janet ne seraient en effet jamais dérivées les conséquences qui ont rendu la psychanalyse d'une telle importance pour les sciences de l'esprit et lui ont valu l'intérêt le plus étendu. J'ai toujours traité Janet lui-même avec respect, parce que ses découvertes ont été parallèles, pendant un bon bout de temps, à celles de Breuer qui furent faites à une date antérieure et publiées à une date ultérieure. Mais quand la psychanalyse devint en France aussi l'objet de discussions, Janet s'est mal comporté, a montré peu de compétence et s'est servi d'arguments qui n'étaient pas très beaux.

Enfin il s'est décrié à mes yeux et il a déprécié lui-même son œuvre, en faisant savoir que lorsqu'il avait parlé d'actes psychiques « inconscients », il n'avait par là voulu rien dire, que ce n'avait été qu' « une façon de parler [En français dans le texte. (N. d. T.)] ».

La psychanalyse cependant fut contrainte, par l'étude des refoulements pathogènes et d'autres phénomènes encore qu'il nous reste à mentionner, à prendre au sérieux le concept de l'inconscient.

Pour elle tout le psychique était d'abord inconscient, la qualité consciente pouvait alors venir s'y ajouter ou non. Par là on se heurtait bien à la contradiction des philosophes pour qui « conscient » et « psychique » étaient identiques et qui protestaient ne pouvoir se représenter une absurdité telle que l' « inconscient psychique ». Peu importait, il n'y avait qu'à hausser les épaules devant cette idiosyncrasie des philosophes. L'expérience acquise au contact du matériel pathologique, matériel que les philosophes ne connaissent pas, expérience révélant la fréquence et la puissance de tels émois dont on ne savait rien mais auxquels il fallait conclure comme à un fait quelconque du monde extérieur, ne laissait pas le choix. On pouvait faire valoir que l'on ne faisait pour sa propre vie psychique que ce qu'on avait fait de toujours pour celle des autres. On attribuait en effet aussi à une autre personne des actes psychiques, bien que l'on n'en eût pas une conscience immédiate et qu'on dût les deviner par des manifestations extérieures et des actions. Ce qui est justifié vis-à-vis d'un autre doit aussi être juste envers sa propre personne. Veut-on pousser cet argument plus loin et en faire dériver que nos propres actes cachés appartiennent en réalité à une seconde conscience, alors on se trouve devant la conception d'une conscience dont on ne sait rien, d'une conscience inconsciente, ce qui est à peine un avantage au regard d'un psychisme inconscient.

Et dit-on avec d'autres philosophes que l'on reconnaît les faits pathologiques, mais qu'il convient d'appeler les actes psychiques qui sont à leur base non pas psychiques mais psychoïdes, le différend se déroule sur les lignes d'une stérile querelle de mots, où l'on est des plus justifiés à se décider pour le maintien du terme « inconscient psychique ». La question relative à la nature de cet inconscient n'est alors pas plus judicieuse et n'offre pas plus de perspectives que la précédente relative à la nature du conscient.

Il serait plus difficile d'exposer en abrégé comment la psychanalyse en est arrivée à diviser encore l'inconscient reconnu par elle, à le décomposer en un préconscient et en un inconscient proprement dit. La remarque suivante pourra suffire : il sembla légitime de compléter les théories, qui sont l'expression directe de l'observation, par des hypothèses, hypothèses utiles pour rendre compte des choses et ayant trait à des rapports ne pouvant devenir l'objet de l'observation immédiate. Même dans des sciences plus anciennes, on n'a pas coutume de procéder autrement. La division de l'inconscient est en rapport avec la tentative de se représenter l'appareil psychique comme construit avec des systèmes ou instances, des relations desquels on parle en termes de l'ordre spatial - ce par quoi on ne cherche nullement à se rattacher à l'anatomie réelle du cerveau. (C'est ce que nous appelons le point de vue topique.) De telles représentations appartiennent à la superstructure spéculative de la psychanalyse, et chaque partie peut en être, sans dommage ni regret, sacrifiée ou remplacée par une autre, aussitôt que son insuffisance est démontrée. Il nous reste à rapporter assez de choses plus proches de l'observation.

J'ai déjà mentionné que l'investigation relative aux causes occasionnelles et à la motivation de la névrose révélait, avec une fréquence toujours croissante, l'existence de conflits entre les émois sexuels de l'être et ses résistances contre la sexualité. En recherchant les situations pathogènes au sujet desquelles les refoulements de la sexualité avaient eu lieu, et dont les symptômes émanaient comme des formations substitutives du refoulé, on était ramené à des périodes toujours plus précoces de la vie du malade et l'on aboutissait enfin aux premières années de son enfance. Et il se révéla - ce que d'ailleurs les romanciers et les connaisseurs du cœur humain savaient depuis longtemps -que les impressions de cette toute première période de la vie, bien que pour la plupart tombées sous le coup de l'amnésie, laissaient des traces ineffaçables dans le développement de l'individu, en particulier fondaient la disposition à la névrose ultérieure. Mais comme, dans ces événements de l'enfance, il était toujours question d'excitations sexuelles et de la réaction contre celles-ci, on se trouvait en présence du fait de la sexualité infantile, ce qui était encore une fois une nouveauté, en contradiction avec l'un des plus forts préjugés des hommes. L'enfance doit être « innocente », libre de convoitises sexuelles, et le combat contre le démon « Sensualité » ne commencer qu'avec la poussée et l'orage de la puberté. Ce que l'on avait dû occasionnellement remarquer d'activité sexuelle chez les enfants, on le considérait comme un signe de dégénérescence, de dépravation précoce ou comme un curieux caprice de la nature. Il est peu de constatations de la psychanalyse qui aient excité une aversion aussi générale, qui aient provoqué une pareille explosion d'indignation que cette assertion que la fonction sexuelle commence avec la vie et se manifeste dès l'enfance par des phénomènes importants.

Et cependant il n'est pas de trouvaille analytique qui soit plus aisément et plus complètement démontrable.
Avant d'aborder l'exposé de la sexualité infantile, il me faut faire mention d'une erreur dans laquelle je tombai pendant quelque temps et qui aurait bientôt pu devenir fatale à tout mon labeur. Sous la pression de mon procédé technique d'alors, la plupart de mes patients reproduisaient des scènes de leur enfance, scènes dont la substance était la séduction par un adulte. Chez les patientes, le rôle de séducteur était presque toujours dévolu au père. J'ajoutais foi à ces informations, et ainsi je crus avoir découvert, dans ces séductions précoces de l'enfance, les sources de la névrose ultérieure. Quelques cas, où de telles relations au père, à l'oncle ou au frère aîné, s'étaient maintenues jusqu'à un âge dont les souvenirs sont certains, me fortifiaient dans ma foi. A quiconque secouera la tête avec méfiance devant une pareille crédulité je ne puis donner tout à fait tort, mais je veux mettre en avant que c'était alors le temps où je faisais exprès violence à ma critique, afin de demeurer impartial et réceptif en face des nombreuses nouveautés que m'apportait chaque jour. Quand je dus cependant reconnaître que ces scènes de séduction n'avaient jamais eu lieu, qu'elles n'étaient que des fantasmes imaginés par mes patients, imposés à eux peut-être par moi-même, je fus pendant quelque temps désemparé. Ma confiance en ma technique comme en ses résultats supporta un rude choc; j'avais donc obtenu l'aveu de ces scènes par une voie technique que je tenais pour correcte et leur contenu était incontestablement en rapport avec les symptômes desquels mon investigation était partie.

Lorsque je me fus repris, je tirai de mon expérience les conclusions justes : les symptômes névrotiques ne se reliaient pas directement à des événements réels, mais à des fantasmes de désir ; pour la névrose la réalité psychique avait plus d'importance que la matérielle. Je ne crois pas encore aujourd'hui avoir imposé, « suggéré » à mes patients ces fantasmes de séduction. J'avais rencontré ici, pour la première fois, le complexe d'Oedipe, qui devait par la suite acquérir une signification dominante, mais que sous un déguisement aussi fantastique je ne reconnaissais pas encore. La séduction du temps de l'enfance garda aussi sa part dans l'étiologie, bien qu'en des proportions plus modestes. Les séducteurs avaient d'ailleurs été le plus souvent des enfants plus âgés.

Mon erreur avait ainsi été du même ordre que si l'on prenait l'histoire légendaire du temps des rois à Rome, telle que nous la conte Tite Live, pour une vérité historique, au lieu de ce qu'elle est, une formation réactionnelle élevée contre le souvenir de situations et de temps misérables, sans doute pas toujours glorieux. Cette erreur dissipée, le chemin était fibre pour pouvoir étudier la sexualité infantile. On en venait là à appliquer la psychanalyse à un autre domaine du savoir, et d'après ses données, à deviner une partie jusqu'alors inconnue des faits biologiques.

La fonction sexuelle était présente dès le début, elle prenait d'abord appui sur les autres fonctions vitales et s'en rendait ensuite indépendante ; elle avait à accomplir une évolution longue et compliquée avant de devenir la vie sexuelle normale de l'adulte telle qu'elle nous est connue. Elle se manifestait d'abord par l'activité de toute une série de composantes de l'instinct dépendantes de zones somatiques érogènes, elle se présentait en partie par paires contrastées (Sadisme-Masochisme, Voyeurisme-Exhibitionnisme) aspirant à se satisfaire dans une indépendance réciproque, et trouvant pour la plupart leur objet dans le propre corps du sujet.

Elles n'étaient ainsi d'abord pas centrées mais principalement auto-érotiques. Plus tard se produisaient des sortes de synthèses ; un premier stade d'organisation était sous la primauté des composantes orales, ensuite venait une phase sadique-anale, et ce n'est que la troisième phase, tard atteinte, qui donnait la primauté aux organes génitaux, ce par quoi la fonction sexuelle entrait au service de la reproduction. Au cours de cette évolution, plusieurs instincts partiels étaient laissés de côté comme inutilisables ou bien conduits vers d'autres utilisations, d'autres étaient détournés de leur but et adjoints à l'organisation génitale. J'appelai l'énergie des instincts sexuels - et celle-là seule - libido. Je dus alors admettre que la libido n'accomplissait pas toujours de façon irréprochable l'évolution sus-décrite. En vertu de la force prédominante de certaines composantes ou d'occasions de satisfaction trop précoces, des fixations de la libido en divers points du chemin de l'évolution se produisent. C'est à revenir à ces points qu'aspire la libido dans le cas d'un refoulement ultérieur (régression) et c'est à partir de ces points également que se produira la percée vers le symptôme. Une intelligence ultérieure des phénomènes permit d'ajouter que la localisation des points de fixation est également décisive pour le choix de la névrose, pour la forme sous laquelle apparaît la maladie ultérieure.

Parallèlement à l'organisation de la libido progresse le processus de la recherche de l'objet, à qui un grand rôle dans la vie psychique est réservé. Le premier objet d'amour après le stade de l'auto-érotisme est pour les deux sexes la mère, dont l'organe, destiné à la nutrition de l'enfant, n'était sans doute pas au début différencié par celui-ci de son propre corps.

Plus tard, mais encore dans les premières années de l'enfance, s'établit la relation du complexe d'Oedipe, au cours de laquelle le petit garçon concentre ses désirs sexuels sur la personne de sa mère et voit se développer en lui des sentiments hostiles contre son père, qui est son rival. La petite fille prend une attitude analogue, toutes les variations et dérivations du complexe d'Oedipe deviennent des plus significatives, la constitution bisexuelle innée se fait jour et multiplie le nombre des tendances concomitantes. Il faut un certain temps pour que l'enfant acquière des clartés sur la différence des sexes ; c'est pendant cette période d'investigation sexuelle qu'il se crée des théories sexuelles typiques, naturellement dépendantes de l'imperfection de sa propre organisation corporelle, théories qui mêlent le vrai avec le faux et ne peuvent parvenir à résoudre le problème de la vie sexuelle (l'énigme du sphinx : d'où viennent les enfants ?). Le premier choix de l'objet que fait l'enfant est donc un choix incestueux. Tout l'ensemble de l'évolution décrite est rapidement parcouru. Le caractère le plus remarquable de la vie sexuelle humaine est son évolution en deux temps, avec entre les deux un entracte. Dans la quatrième ou cinquième année de l'existence, la vie sexuelle atteint son premier apogée, puis alors se fane cette première floraison de la sexualité, les aspirations jusqu'ici intenses succombent au refoulement et alors commence la période de latence qui durera jusqu'à la puberté et pendant laquelle seront édifiées les formations réactionnelles de la morale, de la pudeur, du dégoût. L'évolution en deux temps de la vie sexuelle semble n'être l'apanage, parmi tous les êtres vivants, que de l'homme, elle est peut-être la condition biologique de sa disposition à la névrose.

A la puberté, les aspirations et les investissements libidinaux de l'objet de la première enfance se raniment, ainsi que les liens affectifs du complexe d'Oedipe. Dans la vie sexuelle pubère, les aspirations du premier âge luttent contre les inhibitions de la période de latence. A l'apogée du développement sexuel infantile, une sorte d'organisation génitale s'était établie dans laquelle l'organe mâle seul jouait alors un rôle, et l'organe féminin n'était pas encore découvert (la primauté dite phallique). L'opposition entre les deux sexes n'avait pas alors nom mâle ou femelle, mais: en possession d'un pénis ou châtré. Le complexe de castration en liaison avec cette période est de toute première importance pour la formation ultérieure du caractère et de la névrose.

Dans cet exposé abrégé de ce qui s'offrit à moi relativement à la vie sexuelle humaine, j'ai rapproché, en vue de la clarté, bien des choses qui prirent naissance à des dates diverses et qui ont été incorporées, comme complément ou rectification aux éditions successives de mes Trois essais sur la théorie de la sexualité. J'espère que cet exposé aura fait voir en quoi consiste l'extension du concept de sexualité, si souvent soulignée et critiquée. Cette extension est d'une double nature. En premier lieu, la sexualité est détachée de sa relation bien trop étroite avec les organes génitaux et posée comme une fonction corporelle embrassant l'ensemble de l'être et aspirant au plaisir, fonction qui n'entre que secondairement au service de la reproduction ; en second lieu, sont comptés parmi les émois sexuels tous les émois simplement tendres et amicaux, pour lesquels notre langage courant emploie le mot « aimer » dans ses multiples acceptions.

Je prétends seulement que ces élargissements du concept de sexualité ne sont pas des innovations, mais des restaurations, elles signifient la levée de rétrécissements injustifiés du concept, rétrécissements auxquels nous nous étions laissé induire. Le détachement de la sexualité en général des organes génitaux proprement dits a l'avantage de nous permettre d'envisager l'activité sexuelle des enfants comme des pervers du même point de vue que celle des adultes normaux, tandis que la première avait été jusqu'ici entièrement négligée et la seconde accueillie certes avec une grande révolte morale, mais sans aucune compréhension. Au regard de la conception psychanalytique, les plus étranges et les plus repoussantes perversions s'expliquent comme étant des manifestations d'instincts sexuels partiels qui se sont soustraits à la primauté génitale, et comme aux temps primitifs infantiles de l'évolution de la libido aspirent à des satisfactions indépendantes. La plus importante de ces perversions, l'homosexualité, mérite à peine ce nom. Elle se ramène à la bisexualité constitutionnelle générale et à la répercussion de la primauté phallique ; au cours d'une psychanalyse on peut découvrir chez tout le monde une part de choix homosexuel de l'objet. Quand on a qualifié les enfants de « pervers polymorphes », ceci n'était qu'un terme descriptif d'un usage généralement courant, aucun jugement de valeur ne devait par là être porté. De tels jugements de valeur sont donc fort éloignés de l'esprit de la psychanalyse.
La seconde des soi-disant extensions de la sexualité est justifiée par les résultats de l'investigation psychanalytique : celle-ci montre en effet que tous les émois sentimentaux et tendres étaient à l'origine des aspirations pleinement sexuelles, devenues ensuite « inhibées quant au but » ou « sublimées ».

C'est d'ailleurs à leur faculté d'être ainsi influençables et dérivables que les instincts sexuels doivent de pouvoir être employés à maintes oeuvres de la civilisation, auxquelles ils fournissent les apports les plus importants.

Les surprenantes constatations relatives à la sexualité de l'enfant furent d'abord fournies par des analyses d'adultes, mais purent ensuite, à peu près depuis 1908, être confirmées par des observations directes sur des enfants, et ceci dans tous les détails et avec toute l'ampleur voulue. Il est vraiment si facile de se convaincre de l'activité sexuelle régulière des enfants que l'on peut se demander avec étonnement comment les hommes sont parvenus à ne pas apercevoir ces faits évidents et à maintenir si longtemps la légende, fille de leur désir, de l'enfance asexuée. Ceci doit être en rapport avec l'amnésie qui, pour la plupart des adultes, recouvre leur propre enfance.

IV

Les doctrines de la résistance et du refoulement, de l'inconscient, de la signification étiologique de la vie sexuelle et de l'importance des événements de l'enfance sont les parties essentielles de l'édifice psychanalytique. Je regrette de n'avoir pu les décrire ici que séparément et de n'avoir pu aussi montrer comment elles s'ajustent et empiètent l'une sur l'autre. Il est maintenant temps de nous occuper des modifications survenues peu à peu dans la technique de la méthode analytique elle-même.

La méthode employée d'abord, et qui consistait à surmonter la résistance par des assurances et des adjurations, avait été indispensable afin de fournir au médecin la première orientation vers ce qu'il devait s'attendre à trouver. A la longue cependant elle exigeait trop d'efforts de part et d'autre et ne semblait pas à l'abri de certaines objections immédiates. Au lieu de presser le patient de dire quelque chose de relatif à un thème déterminé, on l'incitait maintenant à s'abandonner à ses « associations libres», c'est-à-dire à communiquer tout ce qui lui venait à l'esprit lorsqu'il s'abstenait de prendre pour but une représentation consciente quelconque. Mais il devait prendre l'engagement de vraiment communiquer tout ce que sa perception intérieure lui livrait et de ne pas céder aux objections critiques qui voudraient lui faire rejeter certaines idées comme n'étant pas assez importantes, ou bien n'ayant que faire là, ou encore comme étant parfaitement dénuées de sens. L'exigence de la sincérité n'avait pas besoin d'être répétée expressément, elle était la condition de la cure analytique.

Il peut sembler surprenant que cette méthode de la libre association, alliée à l'observation de la règle fondamentale de la psychanalyse, soit capable d'accomplir ce qu'on attend d'elle, c'est-à-dire de ramener à la conscience le matériel refoulé et maintenu tel de par des résistances.

Mais il faut considérer que l'association libre n'est en réalité pas libre. Le patient demeure sous l'influence de la situation analytique, même lorsqu'il ne dirige pas son activité mentale sur un thème déterminé. On est en droit d'admettre que rien d'autre ne lui viendra à l'idée que ce qui est en rapport avec cette situation. Sa résistance contre la reproduction du refoulé se manifestera maintenant sur deux modes. D'abord par ces objections critiques, contre laquelle est dirigée la règle fondamentale de la psychanalyse. Surmonte-t-il, grâce à l'observation de cette règle, ces obstacles, alors la résistance trouve une autre expression. La résistance empêchera que vienne jamais à l'esprit de l'analysé le refoulé lui-même, mais à sa place quelque chose qui est en relation avec le refoulé à la manière d'une allusion, et plus la résistance est grande, plus l'idée substitutive à communiquer s'éloignera de ce que proprement l'on cherche. L'analyste qui écoute avec recueillement, mais sans tension de l'effort, et qui, en vertu de son expérience générale, est préparé à ce qui va venir, peut utiliser maintenant le matériel que le patient met à jour, d'après deux lignes de possibilités. Ou bien il parvient, quand la résistance est faible, à deviner par les allusions le refoulé; ou bien il peut, en face d'une résistance plus forte, d'après les associations qui semblent s'éloigner du thème, reconnaître la nature de cette résistance, qu'il fait alors connaître au patient. Mais la découverte de la résistance est le premier pas fait pour la surmonter. Ainsi il est, dans le cadre du travail analytique, une technique d'interprétation, dont le maniement heureux exige certes du tact et de l'exercice, mais qui n'est pas difficile à apprendre.

La méthode de l'association libre présente de grands avantages sur la précédente, et pas seulement celui de l'économie de l'effort. Elle épargne au maximum du possible toute contrainte à l'analysé, elle ne perd jamais le contact avec la réalité du présent, elle donne les plus amples garanties qu'aucun facteur dans la structure de la névrose n'échappera et qu'on n'y introduira rien de par sa propre attente. En l'employant, on se rapporte essentiellement au patient pour déterminer la marche de l'analyse et l'ordonnance des matières; c'est ce qui y rend impossible de s'occuper systématiquement de chacun des symptômes et des complexes isolés. Tout au contraire de ce qui a lieu dans les méthodes hypnotiques ou « exhortations », on découvre les diverses pièces des ensembles en des temps et en des lieux divers au cours du traitement. Pour un tiers dont la présence n'est en réalité pas admissible - la cure analytique serait en conséquence tout à fait inintelligible.

Un autre avantage de la méthode consiste en ceci qu'elle ne devrait à la vérité jamais être en défaut. Il doit en effet être toujours possible d'avoir une « idée », du moment que l'on renonce à toute prétention quant à sa nature. Cependant la méthode se trouve en défaut tout à fait régulièrement dans un cas - mais justement, par son isolement, ce cas devient aussi interprétable.

Je vais maintenant décrire un facteur qui ajoute au tableau de l'analyse un trait essentiel et qui est en droit de revendiquer la plus grande signification et technique et théorique. Dans tout traitement analytique s'établit, sans que le médecin fasse rien pour cela, une intense relation affective du patient à la personne de l'analyste, relation qu'on ne peut expliquer en rien par les rapports réels.

Elle est de nature positive ou négative, elle peut être de toutes les nuances, depuis un état amoureux passionné, franchement sensuel, jusqu'à la plus extrême expression de révolte, d'animosité et de haine. Ce « transfert », comme nous sommes convenus d'appeler ce phénomène, prend bientôt chez le patient la place du désir de guérir et devient, tant qu'il reste modéré et tendre, l'agent de l'influence du médecin et à proprement parler le moteur du travail analytique commun. Plus tard, quand il est devenu passionné ou quand il a tourné à l'hostile, il devient l'instrument principal de la résistance. C'est alors aussi qu'il paralyse l'activité associative du patient et met en péril le succès du traitement. Mais ce serait insensé d'y vouloir échapper: une analyse sans transfert est une impossibilité. Il ne faut

pas croire que l'analyse crée le transfert et que celui-ci ne se produise que dans l'analyse. L'analyse ne fait que découvrir et isoler le transfert. Le transfert est un phénomène humain général, il décide du succès dans tout traitement où agit l' « ascendant » médical ; bien plus, il domine toutes les relations d'une personne donnée avec son entourage humain. Il n'est pas difficile de reconnaître en lui le même facteur dynamique que les hypnotiseurs ont dénommé suggestibilité, qui est l'agent du rapport hypnotique et du caprice duquel la méthode cathartique trouva à se plaindre. Là où la tendance au transfert affectif manque ou est devenue tout à fait négative, comme dans la démence précoce ou la paranoïa, la possibilité d'influencer psychiquement le malade n'existe du même coup plus.
Il est tout à fait exact que la psychanalyse travaille aussi au moyen de la suggestion, comme d'autres méthodes psychothérapiques.

Mais la différence est que la décision relative au succès thérapeutique n'est ici pas abandonnée à la suggestion ou au transfert. La suggestion est bien plutôt employée à amener le malade à accomplir un travail psychique : surmonter ses résistances de transfert, ce qui équivaut à une modification durable de son économie psychique. L'analyste rend au malade le transfert conscient, et le transfert se résout par ceci qu'on peut convaincre le malade que toute sa manière d'agir dans le transfert n'est que la reproduction de relations affectives émanant de ses plus précoces investissements de l'objet, de la période refoulée de son enfance. Ainsi, par ce rappel, le transfert devient, de l'arme la plus forte de la résistance qu'il était, le meilleur instrument de la cure analytique. Toutefois son maniement reste la partie la plus difficile comme la plus importante de la technique analytique.
Grâce à la méthode de l'association libre et à la technique d'interprétation qui s'y rattache, la psychanalyse réussit à accomplir une chose qui ne semblait pas d'une grande importance pratique, mais qui devait en réalité mener à une position et à une valorisation entièrement nouvelles dans l'évolution scientifique. Il devint possible de prouver que les rêves ont un sens, et de deviner ce sens. Les rêves, dans l'Antiquité classique, étaient encore estimés très haut comme

prédictions de l'avenir ; la science moderne ne voulait pas entendre parler du rêve, elle le reléguait au domaine de la superstition, le déclarait être un simple acte « corporel », une sorte de tressaillement de la vie psychique, par ailleurs endormie. Qu'un savant ayant déjà accompli des travaux scientifiques sérieux puisse entrer en scène comme « interprétateur de rêves », cela semblait donc devoir être exclu.

Mais du moment qu'on ne se souciait pas d'une telle condamnation du rêve, qu'on traitait celui-ci comme un symptôme névrotique incompris, une idée délirante ou obsessionnelle, que, se détour. nant de son contenu apparent, on prenait pour objet de l'association libre ses images isolées, alors on arrivait à un tout autre résultat. On prenait connaissance, par les innombrables associations du rêveur, d'un ensemble de pensées qui ne pouvait plus être appelé absurde ou confus, qui correspondait à un acte psychique de valeur entière et dont le rêve manifeste n'était qu'une traduction déformée, écourtée et mal comprise, le plus souvent une traduction en images visuelles. Ces pensées latentes du rêve contenaient le sens du rêve, le contenu manifeste du rêve n'était qu'une illusion, une façade, d'où l'association à la vérité pouvait partir, mais non pas l'interprétation.
On se trouvait maintenant devoir répondre à toute une série de questions, dont les principales étaient : y a-t-il un motif à la formation du rêve, dans quelles conditions peut-elle s'accomplir, par quelles voies les pensées latentes du rêve toujours pleines de sens sont-elles amenées dans le rêve souvent insensé ? Dans ma Science des Rêves (Die Traumdeutung), publiée en 1900, j'ai tenté de résoudre tous ces problèmes. Il n'y a place ici que pour le plus court sommaire de ces recherches : quand on scrute les pensées que l'on a apprises à connaître par l'analyse du rêve, on en découvre une parmi elles qui se détache vivement des autres, compréhensibles et bien connues du dormeur. Ces autres pensées sont des restes de la vie éveillée (restes diurnes) ; dans la pensée isolée cependant se reconnaît un désir souvent très choquant, étranger à la vie éveillée du rêveur, et qu'il accueille en conséquence par des dénégations étonnées ou indignées.

Cette aspiration est l'élément proprement formateur du rêve, elle a fourni l'énergie nécessaire à la production du rêve et s'est servie des restes diurnes comme d'un simple matériel ; le rêve ainsi constitué représente une situation où cette aspiration est satisfaite ; le rêve est la réalisation de ce désir. Ce processus n'aurait pas été possible, si quelque chose dans la nature et l'état de sommeil ne le favorisait pas. La condition psychique fondamentale du sommeil est la concentration du moi sur le désir du sommeil, ce qui implique le retrait des investissements de tous les autres intérêts de la vie ; comme en même temps les voies menant à la motilité sont fermées, le moi peut diminuer la quantité d'effort avec laquelle il maintient d'ordinaire les refoulements. L'aspiration inconsciente profite de ce relâchement nocturne du refoulement pour faire irruption avec le rêve dans la conscience. La résistance de refoulement du moi n'est cependant pas non plus supprimée durant le sommeil, elle n'est que diminuée. Un reste en demeure : c'est la censure du rêve qui défend maintenant au désir inconscient de se manifester sous les formes qui lui seraient en réalité adéquates. En vertu de la sévérité de la censure du rêve, les pensées oniriques latentes doivent consentir à des modifications et à des atténuations, qui rendent méconnaissable le sens réprouvé du rêve. Là gît l'explication de la déformation du rive, à laquelle le rêve manifeste doit ses caractères les plus frappants, Ce qui justifie cette proposition : le rêve est la réalisation (déguisée) d'un désir (refoulé). Nous reconnaissons déjà que le rêve est construit comme un symptôme névrotique, qu'il est une formation de compromis entre l'exigence d'une aspiration instinctive refoulée et la résistance d'une puissance censurante dans le moi.

En vertu d'une genèse semblable il est tout aussi incompréhensible que le symptôme et réclame comme lui une interprétation.
La fonction générale du rêve est aisée à découvrir. Il sert à nous protéger, pour ainsi dire en les flattant, contre des excitations externes ou internes, qui pourraient amener le réveil, et à assurer par là le sommeil contre ce qui pourrait le troubler. Ainsi est paré à l'excitation externe : celle-ci perd son sens initial et apparaît

incorporée à une situation quelconque et sans importance ; quant à l'excitation interne issue des exigences de l'instinct, le dormeur lui laisse le champ libre et lui accorde satisfaction par la formation du rêve, aussi longtemps que les pensées latentes du rêve ne se soustraient pas au joug de la censure. Mais ce danger menace-t-il et le rêve devient-il trop clair, alors le dormeur interrompt le rêve et se réveille épouvanté (rêve d'angoisse). La fonction du rêve se trouve de même en défaut, lorsque l'excitation externe devient si forte qu'elle ne se puisse plus désavouer (rêve de réveil). Le processus qui, en collaboration avec la censure du rêve, amène les pensées latentes dans le contenu manifeste du rêve, je l'ai nommé élaboration du rêve. Il consiste en un traitement particulier du matériel de pensées préconscient, grâce auquel ces diverses pensées sont condensées, leurs accents psychiques sont déplacés, le tout est alors transposé en images visuelles, dramatisé, puis complété par une élaboration secondaire qui le rend incompréhensible. Le travail d'élaboration du rêve est un excellent modèle des processus propres aux couches profondes, inconscientes de la vie psychique, processus qui diffèrent considérablement des processus mentaux normaux connus de nous.

Il met au jour quantité de traits archaïques, par exemple l'emploi d'un symbolisme sexuel ici prédominant, que l'on a ensuite retrouvé dans d'autres domaines de l'activité mentale.
L'aspiration instinctive inconsciente, en se mettant en rapport avec un reste diurne, un intérêt non encore épuisé de la vie éveillée, donne au rêve qu'elle forme une valeur double pour le travail analytique. Le rêve interprété est donc d'une part la réalisation d'un désir refoulé, d'autre part il peut avoir poursuivi l'activité mentale préconsciente du jour et s'est empli des contenus les plus variés, exprimant ainsi un projet, un avertissement, une réflexion ou de nouveau la réalisation d'un désir. L'analyse s'en sert dans les deux directions, aussi bien pour prendre connaissance, chez l'analysé, des processus conscients que des processus inconscients. Elle tire aussi avantage de cette circonstance que le matériel oublié de la vie infantile est accessible au rêve, de telle sorte que l'amnésie infantile est le plus souvent surmontée en liaison avec l'interprétation de rêves. Le rêve accomplit

ici une partie de ce qui était auparavant imposé à l'hypnose. Par contre je n'ai jamais dit, ce qui m'a été si souvent attribué, qu'il résultât de l'interprétation des rêves que tous les rêves eussent un sens sexuel ou se rapportassent à des forces instinctives sexuelles. Il est facile de voir que la faim, la soif et les besoins excrémentiels engendrent tout aussi bien des rêves que n'importe quelle aspiration refoulée sexuelle ou égoïste. Les petits enfants nous fournissent la possibilité de mettre aisément à l'épreuve la justesse de notre théorie des rêves. Chez eux, où les divers systèmes psychiques ne sont pas encore nettement séparés, où les refoulements ne sont pas encore aussi profondément établis, nous rencontrons souvent des rêves qui ne sont rien autre que la réalisation non déguisée d'un désir quelconque du jour précédent.

Sous l'influence de besoins physiques impérieux, les adultes peuvent aussi avoir de tels rêves du type infantile.
L'analyse emploie, de la même manière que l'interprétation des rêves, l'étude des si fréquents petits actes manqués et actions symptomatiques des hommes, sujet auquel j'ai consacré une étude, La psychopathologie de la vie quotidienne (Zur Psychopathologie des Alltagslebens), publiée en 1904. Ce livre, le plus lu de mes ouvrages, apporte la preuve que ces phénomènes ne sont nullement dus au hasard, qu'ils dépassent les explications physiologiques, qu'ils sont pleins de sens et interprétables et qu'ils justifient la conclusion d'après laquelle ils se rapportent à des aspirations retenues ou refoulées. La valeur particulière de l'interprétation des rêves comme de cette autre étude ne gît pas cependant dans l'appui qu'elles apportent au travail analytique, mais dans une autre de leurs qualités.
Jusqu'alors la psychanalyse ne s'était occupé que de résoudre des phénomènes pathologiques et avait dû, afin de les expliquer, souvent recourir à des hypothèses dont la portée était hors de proportion avec l'importance de la matière traitée. Le rêve cependant, auquel elle s'attaqua alors, n'était plus un symptôme morbide, mais un phénomène de la vie psychique normale, pouvant se produire chez tout homme bien portant. Et si le rêve est bâti comme un symptôme, si son explication exige les mêmes hypothèses : celle du refoulement

des aspirations instinctives, celle des formations de substitution et de compromis, celle des divers systèmes psychiques situant le conscient et l'inconscient, alors la psychanalyse n'est plus une science accessoire de la psychopathologie, elle est bien plutôt la base d'une science psychologique nouvelle et plus profonde, qui devient indispensable pour comprendre aussi le normal.

On peut reporter ses hypothèses et ses résultats dans d'autres domaines de la vie psychique et mentale ; la voie du large, avec le droit à l'intérêt universel, lui est ouverte.

V

J'interromps ici l'exposé du développement interne de la psychanalyse et je vais m'occuper de ses destinées extérieures. Ce que j'ai fait connaître jusqu'à présent de ses acquisitions était dans ses grands traits dû à mon propre travail, j'ai cependant introduit dans l'ensemble aussi des résultats ultérieurs et n'ai pas séparé des miens les apports de mes élèves et disciples.

Pendant plus d'une décade, après ma séparation d'avec Breuer, je n'eus pasun seul disciple. Je restai absolument isolé. À Vienne on m'évitait, l'étranger m'ignorait. La Science des Rêves, parue en 1900, fut à peine mentionnée dans les revues de psychiatrie. Dans ma Contribution à l'histoire du mouvement psychanalytique, j'ai donné comme exemple de l'attitude des cercles psychiatriques de Vienne une conversation que j'eus avec un assistant de la clinique qui avait écrit tout un livre contre mes doctrines, mais n'avait pas lu mon livre. On lui avait dit à la clinique que cela n'en valait pas la peine. Le médecin en question, devenu depuis agrégé, s'est permis de démentir le sens de cet entretien et de mettre en général en doute la fidélité de mon souvenir. Je maintiens chaque mot de ce que j'ai alors rapporté.

Quand j'eus compris à quelles nécessités je m'étais heurté, je perdis beaucoup de ma susceptibilité. Mon isolement prit aussi fin peu à peu. D'abord un petit cercle d'élèves se rassembla autour de moi ; et après 1906 on apprit que les psychiatres de Zurich, E. Bleuler, son assistant C. G. Jung et d'autres portaient un vif intérêt à la psychanalyse. Des relations personnelles se nouèrent : en 1908, à Pâques, les amis de la science nouvelle se rencontrèrent à Salzbourg, décidèrent le retour régulier de ces congrès privés et la fondation d'une revue, devant paraître sous le nom de Jahrbuch für psychopathologische und psychoanalytische Forschungen (Journal des recherches psychopathologiques et psychanalytiques) et dont Jung devint le rédacteur en chef.

Les éditeurs en étaient Bleuler et moi ; le début de la guerre mondiale en interrompit la publication. Concurremment à la jonction des Suisses, l'intérêt pour la psychanalyse s'était partout éveillé en Allemagne, elle devint l'objet d'innombrables appréciations littéraires et de vives discussions dans les congrès scientifiques. L'accueil n'était nulle part celui d'une expectative amicale ou bienveillante. Après une très courte connaissance avec la psychanalyse, la science allemande était unanime à la rejeter.
Je ne puis naturellement pas aujourd'hui savoir quel sera le jugement définitif de la postérité sur la valeur de la psychanalyse en psychiatrie, en psychologie et dans les sciences de l'esprit en général. Mais je suis d'opinion que lorsque la phase que nous vécûmes alors trouvera un historien, celui-ci devra avouer que l'attitude de ses représentants d'alors ne fut pas glorieuse pour la science allemande. Je n'entends pas par là le rejet de la psychanalyse ni la façon résolue dont ce rejet eut lieu ; ces deux faits étaient aisés à comprendre, répondaient simplement à l'attente qu'on en pouvait avoir, et ne pouvaient du moins projeter aucune ombre sur le caractère des adversaires. Mais il n'est pas d'excuse pour l'excès d'arrogance, le dédain sans conscience de toute logique, la grossièreté et le mauvais goût dans l'attaque. On pourra me dire qu'il est puéril de donner libre cours à une telle susceptibilité après quinze ans révolus ; je ne le ferais d'ailleurs pas, si je n'avais encore quelque chose à ajouter. Des années plus tard, lorsque, pendant la guerre mondiale, un chœur d'ennemis éleva contre la nation allemande le reproche de barbarie, qui s'accorde avec tout ce que je viens de mentionner, il fut profondément douloureux, de par sa propre expérience, de n'y pouvoir contredire.

L'un de mes adversaires se vanta de fermer la bouche à ses patients dès qu'ils commençaient à parler de choses sexuelles, et

déduisit évidemment de cette technique le droit de juger du rôle étiologique de la sexualité dans les névroses. Les résistances affectives mises à part, résistances qui s'expliquent facilement au jour de la théorie psychanalytique, et qui ne pouvaient nous déconcerter, le principal obstacle à l'entente entre nos adversaires et nous me sembla être ceci que ceux-ci virent dans la psychanalyse un produit de mon imagination spéculative et ne voulurent pas croire au travail long, patient et dénué de tout préjugé qui fut employé à l'édifier. Comme d'après eux l'analyse n'avait rien à voir ni avec l'observation ni avec l'expérience, ils se tinrent aussi pour autorisés à la rejeter en dehors de toute expérience personnelle. D'autres, qui se sentaient moins assurés dans une telle conviction, répétèrent la manœuvre de résistance classique : ne pas regarder dans le microscope, afin de ne pas voir ce qu'ils avaient contesté. La façon incorrecte dont la plupart des hommes se comportent lorsqu'ils sont, à propos d'une chose nouvelle, réduits à leur propre jugement, est donc fort curieuse. Pendant de nombreuses années, et encore à l'heure qu'il est, j'entendis des critiques « bienveillants » me dire que la psychanalyse avait raison jusqu'ici ou jusque-là, mais qu'à ce point commençait son excès, sa généralisation injustifiée. Je sais cependant que rien n'est plus difficile que de tracer de pareilles frontières, et que les critiques eux-mêmes, il y a peu de jours ou peu de semaines, étaient dans une ignorance totale de la question.
L'anathème officiel contre la psychanalyse eut pour conséquence que les analystes resserrèrent leurs rangs.

A leur deuxième congrès, à Nuremberg, en 1910, ils s'organisèrent, sur la proposition de S. Ferenczi, en une a Association psychanalytique internationale », divisée en sections locales et mise sous la direction d'un président. Cette association a traversé, sans y sombrer, la guerre mondiale, elle existe encore à l'heure qu'il est et comprend les sections de Vienne, Berlin, Budapest, Zurich, Londres, de la Hollande, de New York, de la Pan-Amérique, de Moscou et de Calcutta [Et de Paris, où, le 4 novembre 1926, a été fondée la Société psychanalytique de Paris. qui publie, quatre fois par an, chez Doin, la Revue française de Psychanalyse. Un nouveau groupe vient aussi de se constituer au Brésil. (N. d. T.)]]. Je laissai élire, comme premier président, C. G. Jung, une démarche fort malheureuse, ainsi qu'il apparut plus tard. La psychanalyse acquit alors un second organe : la Revue Centrale de Psychanalyse (Zentralblatt für Psychoanalyse), rédigée par Adler et Stekel, et bientôt un troisième, Imago, destiné par les analystes non médecins, H. Sachs et O. Rank, aux applications de l'analyse aux sciences de l'esprit en général. Bientôt après, Bleuler publia sa défense de la psychanalyse (Die Psychoanalyse Freuds, 1910 - La Psychanalyse de Freud). Quelque agréable qu'il fût d'entendre au moins une fois dans le débat la voix de l'équité et de la probe logique, je ne pus pas me sentir absolument satisfait du travail de Bleuler. Il aspirait trop aux apparences de l'impartialité ; ce n'était pas un hasard que justement fût due à son auteur l'introduction du précieux concept de l'ambivalence dans notre science. Dans des articles subséquents, Bleuler a pris une telle attitude de refus contre le corps de doctrine analytique, il en a mis en doute ou rejeté de si essentielles parties, que je pus me demander avec étonnement ce qu'il en demeurait qu'il pût reconnaître.

Et cependant par la suite, il a non seulement fait les plus cordiales déclarations en faveur de la « psychologie des profondeurs », mais il a aussi fondé sur elle son exposé, aux si larges assises, des schizophrénies. Bleuler ne resta d'ailleurs pas longtemps dans l' « Association psychanalytique internationale », il la quitta à la suite de désaccords avec Jung et le « Burghölzli » fut perdu pour l'analyse. L'opposition officielle ne put arrêter l'expansion de la psychanalyse ni en Allemagne ni dans les autres pays. J'ai d'ailleurs (Contribution à l'histoire du mouvement psychanalytique) suivi les étapes de son progrès et nommé les hommes qui se signalèrent comme ses représentants. En 1909, Jung et moi avions été appelés par G. Sanley Hall en Amérique, afin d'y faire pendant une semaine des conférences (en allemand) à la Clark University, Worcester, Mass., dont il était président, ceci à l'occasion du vingtième anniversaire de la fondation de celle-ci. Hall était à juste titre un psychologue et un pédagogue en vue, qui, depuis des années, avait fait entrer la psychanalyse dans l'enseignement ; il y avait en lui quelque chose du

« Kingmaker » (faiseur de rois) à qui il plaisait d'investir et de déposer des autorités. Nous rencontrâmes là J. Putnam, le neurologue de Harvard, qui malgré son âge s'enthousiasma pour la psychanalyse et prit fait et cause pour sa valeur culturelle et la pureté de ses intentions, ceci avec tout le poids de sa personnalité respectée de tous. Nous ne fûmes gênés ici que par la prétention de cet homme excellent orienté de façon prépondérante, de par une disposition obsessionnelle, vers l'éthique, - de vouloir rattacher la psychanalyse à un système philosophique déterminé et de la mettre au service de tendances moralisatrices.

Une rencontre aussi avec le philosophe William James me laissa une impression durable. Je ne puis oublier cette petite scène : au cours d'une promenade il s'arrêta soudain, me confia sa serviette et me pria de continuer, il allait me suivre, aussitôt que serait passée la crise, qu'il sentait venir, d'angine de poitrine. Il mourut un an plus tard du cœur ; je n'ai cessé depuis de me souhaiter une pareille intrépidité en face de la fin proche.
J'avais alors 53 ans, je me sentais jeune et bien portant, le court séjour dans le Nouveau Monde fit certes du bien au sentiment de ma propre valeur ; en Europe je me sentais comme mis au ban; ici je me voyais accueilli par les meilleurs comme leur égal. Lorsque je gravis l'estrade à Worcester, afin d'y faire mes « Cinq conférences sur la psychanalyse », il me sembla que se réalisait un incroyable rêve diurne. La psychanalyse n'était donc plus une production délirante, elle était devenue une partie précieuse de la réalité. Elle n'a pas perdu de terrain en Amérique depuis notre visite, elle jouit dans le publie d'une popularité peu commune et est reconnue par beaucoup de psy-chiatres officiels comme une partie importante de l'enseignement médical. Malheureusement, là-bas aussi, il y a été mêlé beaucoup d'eau. Plus d'un abus, avec qui elle n'a rien à faire, emprunte son nom ; la possibilité y manque de former à fond des analystes quant à la technique et à la théorie. Elle se heurte aussi en Amérique au « Behaviourism », qui se vante dans sa naïveté d'avoir entièrement éliminé le problème psychologique.
En Europe, de 1911 à 1913, deux mouvements dissidents de la

psychanalyse se produisirent, mouvements inaugurés par des personnes qui jusqu'alors avaient joué un rôle en vue dans la jeune science : Alfred Adler et C. G. Jung.

Ces mouvements paraissaient très dangereux et acquirent vite un grand nombre de partisans. Ils ne devaient cependant pas leur force à leur propre fond, mais au fait qu'ils permettaient, ce qui était séduisant, de se libérer des résultats, ressentis comme choquants, fournis par la psychanalyse, quand bien même on ne niât plus son matériel de faits. Jung tenta une transposition des faits analytiques sur le mode abstrait, impersonnel, sans tenir compte de l'histoire de l'individu, ce par quoi il espérait s'épargner la reconnaissance de la sexualité infantile et du complexe d'Oedipe, en même temps que la nécessité de l'analyse de l'enfance. Adler sembla s'éloigner encore davantage de la psychanalyse, il rejeta en bloc l'importance de la sexualité, rapporta exclusivement la formation du caractère comme de la névrose à la volonté de puissance des hommes et à leur besoin de compenser leur infériorité constitutionnelle ; il jeta par la fenêtre toutes les acquisitions psychologiques de la psychanalyse. Cependant ce qu'il avait rejeté s'est refrayé de force un chemin dans son système fermé ; sa « protestation mâle » n'est rien d'autre que le refoulement, injustement sexualisé. La critique fut des plus douces pour les deux « hérétiques », je ne pus pour ma part obtenir davantage que de faire renoncer Adler, comme Jung, à dénommer leurs doctrines « Psychanalyse ». On peut aujourd'hui, au bout de dix ans, constater que ces deux tentatives ont passé auprès de la psychanalyse sans l'atteindre.
Quand une communauté est fondée sur l'accord relatif à quelques points essentiels, il va de soi que ceux qui abandonnent ce terrain commun s'en séparent. Cependant on a souvent porté au compte de mon intolérance la défection de ces premiers élèves ou bien l'on a voulu y voir l'expression d'une fatalité particulière pesant sur mon destin.

Il suffit de répliquer qu'en face de ceux qui m'ont abandonné, tels Jung, Adler, Stekel et quelques autres, se trouve un grand nombre d'hommes tels Abraham, Eitingon, Ferenczi, Rank [Rank et Reik seront depuis séparés de Freud. (N. d. T.)], Jones, Brill, Sachs, le pasteur Pfister, van Emden, Reik [Rank et Reik seront depuis séparés de Freud. (N. d. T.)] , etc., qui depuis environ quinze ans me sont restés attachés en fidèle collaboration, la plupart aussi par les liens d'une amitié que rien n'a troublée. Je n'ai nommé ici que

les plus anciens de mes élèves, ceux qui se sont déjà fait un nom dans la littérature psychanalytique ; l'omission d'autres noms n'implique pas une moindre estime, et justement parmi les jeunes et parmi ceux qui sont venus à moi plus tard se trouvent des talent sur lesquels on peut fonder de grandes espérances. Mais je dois faire valoir à mon profit qu'un homme dominé par l'intolérance et la présomption de l'infaillibilité n'aurait jamais pu s'attacher une pareille légion de personnalités d'une intellectualité supérieure, surtout quand il n'a pas plus que moi de séductions d'ordre pratique à leur offrir.

La guerre mondiale, qui a détruit tant d'autres organisations, ne put rien sur notre « Internationale ». La première rencontre après la guerre eut lieu en 1920, à La Haye, sur terrain neutre. La façon dont l'hospitalité hollandaise sut accueillir les Centraux affamés et appauvris fut touchante ; ce fut la première fois, à ce que je sache, que des Anglais et des Allemands s'assirent amicalement à la même table, mus par des intérêts scientifiques communs. La guerre avait même, en Allemagne comme dans les pays d'Occident, accru l'intérêt porté à la psychanalyse.

L'observation des névroses de guerre avait enfin ouvert les yeux aux médecins quant à la signification de la psychogenèse dans les troubles névrotiques, l'une de nos conceptions psychologiques : le « bénéfice de la maladie », la « fuite dans la maladie », devint vite populaire. Au dernier congrès tenu avant la défaite, à Budapest, en 1918, les gouvernements des Empires Centraux avaient envoyé des représentants officiels qui se mirent d'accord avec nous pour l'organisation de services psychanalytiques destinés au traitement des névrosés de guerre. On n'eut pas le temps de réaliser ce projet. De même, les vastes plans de l'un des meilleurs membres de notre Association, du docteur Anton von Freund, qui voulait créer à

Budapest un institut central destiné à l'enseignement et à la thérapie analytiques, échouèrent de par les bouleversements politiques qui bientôt s'ensuivirent, et aussi de par la mort prématurée de cet homme irremplaçable. Une partie de ses idées fut plus tard réalisée par Max Eitingon, qui créa en 1920 à Berlin une polyclinique psychanalytique. Pendant la courte durée de la domination bolchevique en Hongrie, Ferenczi put déployer une activité didactique, couronnée de succès, comme représentant officiel de la psychanalyse à l'Université. Après la guerre, il plut à nos adversaires de proclamer que l'expérience avait fourni un argument sans réplique contre la justesse des assertions analytiques. Les névroses de guerre avaient donc démontré la superfluité des facteurs sexuels dans l'étiologie des affections névrotiques. Mais c'était là un triomphe superficiel et hâtif. Car d'une part personne n'avait pu mener à bout l'analyse approfondie d'un cas de névrose de guerre, on ne savait donc tout simplement rien de certain quant à la motivation de ces névroses et l'on n'avait pas le droit de tirer de conclusions de sa propre ignorance.

Et d'autre part la psychanalyse avait depuis longtemps acquis la notion du narcissisme et de la névrose narcissique, dont le contenu était la fixation de la libido sur le propre moi en place d'objet. Ainsi, tandis qu'on faisait d'ordinaire à la psychanalyse le reproche d'avoir indûment élargi le concept de sexualité, lorsque cela devenait commode pour la polémique, on oubliait ce sien méfait et on lui opposait à nouveau la sexualité dans son sens étroit.
L'histoire de la psychanalyse se divise pour moi en deux périodes : dans la première, j'étais seul et avais seul tout le travail à accomplir : il en fut ainsi de 1895-96 à 1906 ou 1907. Dans la seconde, d'alors à aujourd'hui, les contributions de mes élèves et collaborateurs n'ont cessé de croître en importance, de telle sorte que main. tenant, averti de ma fin prochaine par une maladie grave, je puis avec un grand calme intérieur envisager la cessation de mon activité propre. Mais c'est justement pourquoi il m'est impossible de traiter, dans cet exposé de ma propre vie, des progrès de la psychanalyse pendant la seconde période avec autant de détails que j'ai traité de son

édification progressive dans la première période qu'emplissait ma seule activité. Je ne me sens justifié qu'à mentionner ces acquisitions nouvelles auxquelles j'eus encore une part prépondérante, c'est-à-dire avant tout celles relatives au narcissisme, à la doctrine des instincts et à l'application aux psychoses.

Je dois ajouter qu'à mesure que s'élargissait notre expérience, le complexe d'Oedipe se montrait de plus en plus comme étant le noyau central des névroses. Il était aussi bien le point culminant de la vie sexuelle infantile que le nœud d'où partaient tous les développements ultérieurs.

On devait se dire, ainsi que Jung dans ses premiers temps analytiques avait su excellemment l'exprimer, que la névrose ne possédait aucun contenu particulier, à elle propre et exclusif, et que les névrosés échouent là même où les normaux prennent victorieusement le dessus. Cette intelligence ne signifiait nullement une désillusion. Elle était en parfaite harmonie avec cette autre : que la « psychologie des profondeurs », découverte par la psychanalyse, était en fait la psychologie de la vie psychique normale. Il en advenait à nous comme aux chimistes : les grandes différences qualitatives des produits se ramenaient à des modifications quantitatives dans les rapports de combinaison entre les mêmes éléments.

Dans le complexe d'Oedipe, la libido se montrait liée à la représentation des parents. Mais il y avait eu auparavant un temps auquel n'existait aucun de ces objets. Il en résulta la conception, fondamentale pour une théorie de la libido, d'un état dans lequel la libido avait empli le propre moi, l'avait pris lui-même pour objet. On pouvait appeler cet état « narcissisme » ou amour de soi-même. Les premières réflexions disaient qu'il ne cessa jamais complètement ; durant la vie entière le moi reste le grand réservoir de la libido, hors duquel sont envoyés les investissements des objets, dans lequel, des objets, la libido peut refluer à nouveau. De la libido narcissique se transforme ainsi sans cesse en libido objectale et vice versa. Un excellent exemple de l'amplitude où peut atteindre cette transformation nous est donné par l'état amoureux, sexuel ou sublimé, qui peut aller jusqu'au sacrifice de sa propre existence. Tandis que jusqu'alors, en ce qui regarde le processus du refoulement, on n'avait porté son attention que sur le « refoulé », ces représentations permirent d'estimer à sa juste valeur aussi le « refoulant ».

On avait dit que le refoulement était mis en oeuvre par les instincts de conservation agissant dans le moi (« instincts du moi ») et appliqué aux instincts libidinaux. Maintenant où l'on reconnaissait les instincts de conservation comme étant aussi de nature libidinale, comme étant de la libido narcissique, le processus de refoulement apparaissait comme un processus se passant à l'intérieur de la libido elle-même ; de la libido narcissique se dressait contre de la libido objectale, l'intérêt de la conservation du moi se mettait en défense contre les exigences de l'amour de l'objet, ainsi également contre celles de la sexualité au sens étroit.
Aucun besoin ne se fait sentir en psychologie de façon plus pressante que celui d'une doctrine des instincts assez large pour qu'on puisse sur elle continuer à bâtir. Mais nous n'avons rien de semblable, la psychanalyse doit s'efforcer à tâtons d'en acquérir une. Elle établit d'abord l'opposition entre les instincts du mai (conservation, faim) et les instincts libidinaux (amour), puis la remplaça par l'opposition nouvelle entre libido narcissique et libido objectale. Par là le dernier mot n'était évidemment pas encore dit ; des considérations biologiques semblaient interdire que l'on se contentât de l'hypothèse d'une seule sorte d'instincts.
Dans les travaux de nies dernières années (Jenseits des Lustprinzips -Massenpsychologie und Ich-Analyse -Das Ich und das Es - Au delà du principe du plaisir ; Psychologie collective et analyse du moi ; Le moi et le ça), j'ai donné libre cours à la tendance longtemps réprimée à la spéculation et envisagé une nouvelle solution du problème des instincts. J'ai réuni dans le concept de l'Eros l'instinct de la conservation et de soi et de l'espèce et lui ai opposé l'instinct de destruction ou de mort qui travaille en silence.

L'instinct est tout à fait généralement conçu comme une sorte d'élasticité du vivant, comme une poussée tendant à rétablir une situation primitive ayant une fois existé et ayant cessé d'être de par un trouble extérieur. Cette nature essentiellement conservatrice de l'instinct est illustrée par les phénomènes del'automatisme de répétition. Du travail, de concert ou en opposition, de l'Éros et de l'Instinct de mort résulte l'image de la vie.

On peut se demander si cette construction se montrera utilisable. Elle a certes été entreprise afin de fixer quelques-unes des plus importantes représentations théoriques de la psychanalyse, mais elle dépasse de beaucoup la psychanalyse. J'ai souvent entendu exprimer avec mépris l'opinion qu'on ne pouvait avoir aucune considération pour une science dont les concepts dominants étaient aussi imprécis que ceux de libido et d'instinct dans la psychanalyse. Mais à la base d'un tel reproche gît une parfaite méconnaissance de l'état des choses. Des concepts fondamentaux clairs et des définitions précises en leurs contours ne sont possibles dans les sciences de l'esprit qu'autant que celles-ci veulent faire rentrer un ordre de faits dans les cadres d'un système intellectuel créé de toutes pièces. Dans les sciences naturelles, dont la psychologie fait partie, une telle clarté dans les concepts dominants est de trop, voire impossible. La zoologie et la botanique n'ont pas commencé par des définitions correctes et adéquates de l'animal et de la plante, la biologie ne sait encore aujourd'hui avec quel contenu certain emplir le concept de vie. La physique elle-même n'aurait pu accomplir rien de son évolution, si elle avait dû attendre que les concepts de matière, force, gravitation et autres eussent atteint à la clarté et à la précision voulues.

Les représentations fondamentales ou concepts dominants des disciplines propres aux sciences naturelles sont d'abord laissés dans l'imprécision, ne sont provisoirement illustrés que par l'indication du domaine phénoménal d'où ils émanent, et ne peuvent devenir clairs, pleins et sans conteste que par l'analyse progressive du matériel à observer.

J'avais déjà tenté, dans les phases antérieures de mon œuvre, d'atteindre, en partant de l'observation psychanalytique, à des points de vue plus généraux. En 1911, dans un petit essai : Formulations relatives aux deux principes de la vie psychique (Formulierungen über die zwei Prinzipien des psychischen Geschehens), je soulignais de façon certes pas originale la prédominance du principe de plaisir-déplaisir dans la vie psychique et comment il est relevé par le principe dit de réalité. Plus tard, j'osai tenter l'essai d'une « Métapsychologie ». J'appelai ainsi un mode d'observation d'après lequel chaque processus psychique est envisagé d'après les trois coordonnées de la dynamique, de la topique et de l'économie, et j'y vis le but extrême qui soit accessible à la psychologie. La tentative demeura une statue tronquée, je l'interrompis après avoir écrit quelques essais : Instincts et Destinées des Instincts. - Le refoulement. - L'inconscient. Deuil et Mélan. colie, etc. (Triebe und Triebschcksale - Die Verdrängung - Das Unbewusste - Traiter und Melancholie) et j'eus certes raison d'agir ainsi, car l'heure de telles mises à l'ancre théoriques n'avait pas encore sonné. Dans mes derniers travaux spéculatifs, j'ai entrepris de diviser notre appareil psychique sur la base de la mise en valeur analytique des faits pathologiques, et je l'ai décomposé en un moi, un ça et un sur-moi (Das lch und das Es, 1922).

Le surmoi est l'héritier du complexe d'Oedipe et le représentant des exigences éthiques de l'homme.
Je ne voudrais pas qu'on eût l'impression que j'eusse dans cette dernière période de travail tourné le dos à l'observation patiente et que je me fusse abandonné entièrement à la spéculation. Je suis bien plutôt resté en contact intime avec le matériel analytique et ne me suis jamais interrompu de travailler des thèmes spéciaux, cliniques ou techniques. Et là où je m'éloignais de l'observation, j'ai soigneusement évité de m'approcher de la philosophie proprement dite. Une incapacité constitutionnelle m'a beaucoup facilité une telle abstention. Je fus toujours accessible aux idées de G. Th. Fechner et j'ai aussi pris appui en des points importants aux idées de ce penseur. Les concordances étendues de la psychanalyse avec la philosophie de Schopenhauer -il n'a pas seulement défendu la primauté de l'affectivité et l'importance prépondérante de la sexualité, mais il a même deviné le mécanisme du refoulement ne se laissent pas

ramener à ma connaissance de sa doctrine. J'ai lu Schopenhauer très tard dans ma vie. Nietzsche, l'autre philosophe dont les intuitions et les points de vue concordent souvent de la plus étonnante façon avec les résultats péniblement acquis de la psychanalyse, je l'ai justement longtemps évité à cause de cela ; je tenais donc moins à la priorité qu'à rester libre de toute prévention.
Les névroses avaient été le premier, et pendant longtemps aussi le seul objet de l'analyse. Il ne demeura douteux pour aucun analyste que la pratique médicale eût tort de mettre ces affections à l'écart des psychoses et de les adjoindre aux maladies nerveuses organiques.

La doctrine des névroses appartient à la psychiatrie, elle en est l'introduction indispensable. Mais il semble que l'étude analytique des psychoses soit empêchée par l'absence d'espoir thérapeutique que comporte un tel effort. La capacité de faire un transfert positif manque en général au malade atteint de psychose, de telle sorte que le principal instrument de la technique analytique est inutilisable. Mais ces malades sont parfois abordables par quelque côté. Le transfert n'est souvent pas si totalement absent que l'on ne puisse grâce à lui progresser un bon bout de chemin ; dans les dépressions cycliques, les altérations paranoïaques légères, dans les schizophrénies partielles on a obtenu grâce à l'analyse d'indubitables succès. Ce fut pour la science du moins un avantage que, dans beaucoup de cas, le diagnostic puisse osciller assez longtemps entre l'hypothèse d'une psychonévrose et celle d'une démence précoce ; la tentative thérapeutique instaurée put ainsi fournir de précieux renseignements avant de devoir être abandonnée. Mais il entre surtout en ligne de compte que, dans les psychoses, tant de choses sont amenées à la surface et visibles à tous qu'on est obligé, dans les névroses, d'aller par un pénible travail rechercher dans les profondeurs. La clinique psychiatrique fournit par suite, pour beaucoup d'assertions analytiques, les meilleures pièces à conviction. Il était donc inévitable que l'analyse trouvât bientôt le chemin menant aux objets de l'observation psychiatrique. De très bonne heure (1896) j'ai pu, à propos d'un cas de démence paranoïde, démontrer la présence des mêmes facteurs étiologiques et des mêmes complexes affectifs que dans les névroses. Jung a élucidé des stéréotypies énigmatiques chez des déments en les rapportant à l'histoire de la vie du malade.

Bleuler, dans diverses psychoses, a mis au jour des mécanismes tels que ceux qu'on découvre, par l'analyse, chez les névrosés. Depuis lors, les efforts des analystes afin de comprendre les psychoses n'ont plus eu de cesse. Surtout depuis que l'on travaille avec le concept de narcissisme, on réussit tantôt ici, tantôt là, à jeter un regard par-dessus le mur. Celui qui a été le plus loin dans ce sens est sans doute Abraham, avec l'élucidation de la mélancolie. Dans ce domaine, tout savoir ne se mue pas à la vérité présentement en pouvoir thérapeutique; mais le gain purement théorique n'est pas à estimer bas et peut certes attendre son utilisation pratique. A la longue les psychiatres non plus ne peuvent résister à la force convaincante de leur matériel pathologique. Il se produit actuellement dans la psychiatrie allemande une sorte de pénétration pacifique [En français dans le texte. (N. d. T.)] avec points de vue analytiques. Tout en protestant sans relâche qu'ils ne veulent pas être des psychanalystes, qu'ils n'appartiennent pas à l'école « orthodoxe », qu'ils ne la suivent pas dans ses exagérations, et surtout qu'ils ne croient pas à l'importance prépondérante du facteur sexuel, la plupart des jeunes chercheurs s'approprient pourtant telle ou telle partie de la doctrine analytique et l'appliquent à leur manière sur le matériel vivant. Tout indique qu'un développement ultérieur dans cette direction est imminent.

VI

Je suis de loin aujourd'hui en présence de quels symptômes réactionnels se produit l'entrée de la psychanalyse dans la France longtemps réfractaire. On croirait la reproduction de choses déjà vécues, mais il y a là cependant des traits particuliers. Des objections d'une incroyable naïveté se font jour, telles celle-ci : la délicatesse française est choquée du pédantisme et de la lourdeur de la nomenclature psychanalytique (ceci rappelle malgré soi l'immortel chevalier Riccaut de la Marlinière de Lessing !) Une autre assertion a l'air d'être plus sérieuse; elle n'a pas semblé indigne de lui-même à un professeur de psychologie de la Sorbonne : le Génie latin ne supporte absolument pas le mode de penser de la psychanalyse. Par là les Alliés anglo-saxons, qui passent pour ses partisans, sont expressément sacrifiés. En entendant ceci, on doit naturellement croire que le Génie teutonique a serré sur son cœur la psychanalyse, dès sa naissance, comme son enfant chérie [La façon, fréquente chez le Français, d'envisager la sexualité, lui est un autre obstacle à la compréhension de l'inconscient. Chez nous, le sexuel se confond aisément avec le grivois; ce sont là matières dont il ne convient de parler qu'avec légèreté, par sous-entendus suffisants pour s'entendre entre gens d'esprit; de cette attitude devant le sexuel est donc issue notre littérature des théâtres boulevardiers, qui divertit tant les étrangers, mais ne nous vaut pas toujours chez eux un très haut renom. Cette dévalorisation du sexuel est d'ailleurs l'un des moyens dont se sert le « refoulement social » pour nier la gravité réelle et souvent terrible du problème sexuel, au sens le plus large, dans chaque vie humaine. (N. d. T.)].

La compréhension de la psychanalyse a été facilitée à l'Anglo-Saxon par son grand réalisme d'esprit et son courage devant les faits - qualités qui contribuèrent par ailleurs à lui assurer la maîtrise du monde.

Le Français possède par contre, dans son caractère national, quelques traits qui lui rendent cette compréhension plus difficile. D'abord, son amour de la clarté logique, héritier de l'idéal classique de notre XVIIe siècle, et instauré chez nous par la grande « poussée de refoulement » qui jugula notre magnifique et large Renaissance. Ensuite, son culte du goût, datant du môme temps. Les processus archaïques, particuliers à l'inconscient, et que met au jour la psychanalyse, heurtant de front, du point de vue « bon sens », la raison logique, et du point de vue « bon goût », la délicatesse, révoltent aisément l'esprit français, qui oublie alors que les phénomènes de la nature ne sont pas toujours de « bon goût », ce qui « ne tes empêche pas d'exister », comme disait notre Charcot, et que ce fut au nom du a bon sens » que l'humanité, d'une part, crut si longtemps à la rotation du soleil autour de la terre, d'autre part que tant d'hommes cultivés refusèrent, du temps de Pasteur et même depuis, de « croire aux microbes », qu'ils ne voyaient pas. Les déplaisants mais réels complexes enfouis au fond de notre psychisme étant encore plus malaisés à observer que des microbes, qu'on peut étaler sur une lame de microscope, quoi de surprenant à ce que le « simple bon sens » ne suffise pas d'emblée à les voir ?
L'intérêt porté à la psychanalyse est parti en France des hommes de lettres. Pour comprendre ce fait, il faut se rappeler que la psychanalyse, avec l'interprétation des rêves, a franchi les bornes d'une pure spécialité médicale. Entre son apparition autrefois en Allemagne et aujourd'hui en France, il y eut ses innombrables applications aux divers domaines de la littérature et de l'art, de l'histoire des religions, de la préhistoire, de la mythologie, du folklore, de la pédagogie, etc.

Toutes ces matières ont peu de rapport à la médecine, et ne lui sont précisément reliées que par l'entremise de la psychanalyse. Je ne me sens donc pas justifié à en traiter ici à fond, dans une biographie destinée à un recueil médical. Je ne puis cependant les négliger tout à fait, car d'une part elles sont indispensables pour donner un tableau exact de la valeur et de l'essence de la psychanalyse, et d'autre part je me suis engagé à faire l'exposé du travail de ma propre vie. La plupart de ces applications de l'analyse ont été inaugurées par mes propres travaux. Je me suis de-ci de-là permis un écart, afin de satisfaire à un tel attrait extramédical. D'autres, et pas des médecins seuls, mais encore des spécialistes en diverses sciences, ont ensuite suivi mes voies et ont pénétré loin dans chacun de ces domaines. Devant, d'après le programme que je me suis tracé, me limiter à exposer ma propre contribution aux applications de la psychanalyse, je ne puis donner au lecteur qu'un tableau tout à fait incomplet de leur extension et de leur importance.

Une série d'incitations me vint du complexe d'Oedipe, dont je reconnus peu à peu l'ubiquité. Le choix, voire la création du thème sinistre, avait toujours semblé énigme, de même son action bouleversante sur les spectateurs du drame antique qui en est tiré, ainsi que l'essence de la tragédie du destin en général : tout ceci s'expliquait en comprenant qu'une loi de la vie psychique avait ici été saisie dans sa pleine importance affective. La fatalité et l'oracle n'étaient que les matérialisations de la nécessité interne ; le fait que le héros péchait sans le savoir et contre son intention constituait la juste expression de la nature inconsciente de ses aspirations criminelles.

De la compréhension de cette tragédie du destin, il ne restait qu'un pas à faire jusqu'à l'intelligence de la tragédie de caractère qu'est Hamlet, admirée depuis trois cents ans sans qu'on puisse en indiquer le sens ou comprendre les mobiles du poète. Il est donc remarquable que ce névrosé créé par le poète échoue sur le complexe d'Oedipe, comme ses innombrables confrères du monde réel, car Hamlet est mis en face du devoir de venger sur un autre les deux actes qui constituent l'essence de l'aspiration oedipienne, sur quoi son propre et obscur sentiment de culpabilité vient paralyser son bras. Hamlet a été écrit par Shakespeare bientôt après la mort de son père. Mes indications relatives à l'analyse de cette tragédie ont ensuite incité

Ernest Jones à une étude approfondie de Hamlet. C'est le même exemple que prit Otto Rank comme point de départ de ses recherches sur le choix du sujet chez les poètes et dramaturges. Dans son grand ouvrage sur le Thème de l'Inceste (Das Inzest-Motiv in Dichtung und Sage), il put montrer combien souvent les poètes choisissent justement pour thème la situation oedipienne, et suivre à travers la littérature universelle les transformations, variations et atténuations de ce même thème.

On était ainsi conduit à aborder l'analyse de la production littéraire et artistique en général. On reconnut que le royaume de l'imagination était une « réserve », organisée lors du passage douloureusement ressenti du principe du plaisir au principe de réalité, afin de permettre un substitut à la satisfaction instinctive à laquelle il fallait renoncer dans la vie réelle. L'artiste, comme le névropathe, s'était retiré loin de la réalité insatisfaisante dans ce monde imaginaire, mais à l'inverse du névropathe il s'entendait à trouver le chemin du retour et à reprendre pied dans la réalité.

Ses créations, les oeuvres d'art, étaient les satisfactions imaginaires de désirs inconscients, tout comme les rêves, avec lesquels elles avaient d'ailleurs en commun le caractère d'être un compromis, car elles aussi devaient éviter le conflit à découvert avec les puissances de refoulement. Mais à l'inverse des productions asociales narcissiques du rêve, elles pouvaient compter sur la sympathie des autres hommes, étant capables d'éveiller et de satisfaire chez eux les mêmes inconscientes aspirations de désir. De plus elles se servaient, comme « prime de séduction », du plaisir attaché à la perception de la beauté de la forme. Ce que la psychanalyse pouvait faire, c'était - d'après les rapports réciproques des impressions vitales, des vicissitudes fortuites et des oeuvres de l'artiste reconstruire sa constitution et les aspirations instinctives en lui agissantes, c'est-à-dire ce qu'il présentait d'éternellement humain. C'est dans une telle intention que je pris par exemple Léonard de Vinci pour objet d'une étude, étude qui repose sur un seul souvenir d'enfance dont il nous fit part, et qui tend principalement à élucider son tableau de la Sainte Anne. Mes amis et élèves ont depuis entrepris de nombreuses analyses semblables d'artistes et de leurs oeuvres. La jouissance que l'on tire des oeuvres d'art n'a pas été gâtée par la compréhension analytique ainsi obtenue. Mais nous devons avouer aux profanes, qui attendent ici peut-être trop de l'analyse, qu'elle ne projette aucune lumière sur deux problèmes, ceux sans doute qui les intéressent le plus. L'analyse ne peut en effet rien nous dire de relatif à l'élucidation du don artistique, et la révélation des moyens dont se sert l'artiste pour travailler, le dévoilement de la technique artistique, n'est pas non plus de son ressort.

Je pus prouver, à propos d'une petite nouvelle, en soi sans grande valeur, Gradiva, de W. Jensen, que les rêves inventés par un écrivain sont susceptibles des mêmes interprétations que les réels, donc que, dans l'activité créatrice du poète, les mêmes mécanismes de l'inconscient entrent en jeu qui nous sont déjà connus par le travail d'élaboration du rêve. Mon livre sur « L'esprit et ses rapports avec l'inconscient » (Der Witz und seine Beziehung zum Unbewussten), est une ramification immédiate de la Science des Rêves. Le seul ami qui s'intéressât alors à mes travaux m'avait fait remarquer que mes interprétations de rêves faisaient souvent l'impression de « jeux d'esprit ». Afin d'élucider cette impression j'entrepris l'investigation des mots d'esprit et je trouvai que l'essence de l'esprit résidait dans ses moyens techniques, et que ceux-ci étaient les mêmes que les modes de travail de « l'élaboration du rêve », c'est-à-dire la condensation, le déplacement, la représentation par le contraire, par un détail, etc. A cette recherche s'adjoignit l'investigation « éco-nomique » : comment le haut bénéfice de plaisir qu'éprouve l'auditeur du mot d'esprit se produit-il en lui ? Et telle fut la réponse : par la levée momentanée d'un effort de refoulement et ceci de par la séduction de l'offre d'une prime de plaisir (plaisir préliminaire).
J'estimais moi-même plus haut mes contributions à la psychologie religieuse, inaugurées en 1907 par la constatation d'une surprenante ressemblance entre les actes obsessionnels et les exercices religieux (rite). Sans en connaître encore les profonds rapports, je qualifiai la névrose obsessionnelle de religion privée défigurée, la religion pour ainsi dire de névrose obsessionnelle universelle. Plus tard, en 1912,

les remarques convaincantes de Jung relatives aux analogies étendues existant entre les productions mentales der, névrotiques et celles des primitifs, m'incitèrent à porter mon attention sur ce thème.

Dans les quatre études, réunies en livre sous le titre de Totem et Tabou (Totem und Tabu), j'exposai en détail comment, chez les primitifs, l'horreur de l'inceste est encore plus prononcée que chez les civilisés et a fait édifier des mesurer, de défense toutes particulières, je recherchai quels rapports les tabous de défense, forme sous laquelle les premières restrictions morales apparaissent, avaient à l'ambivalence des sentiments, et je découvris dans la primitive conception animiste du monde le principe de la surestimation de la réalité psychique, de la « toute-puissance de la pensée», sur laquelle repose aussi la magie. Partout fut poursuivi le parallèle avec la névrose obsessionnelle et montré combien des fondements supposés à la vie mentale primitive se retrouvent encore en force dans cette curieuse affection. Le totémisme m'attirait cependant pardessus tout, ce premier système d'organisation des tribus primitives, dans lequel les débuts de l'ordre social fusionnent avec une religion rudimentaire et l'impitoyable souveraineté de quelques tabous de défense. L'être « vénéré » est ici originairement toujours un animal, duquel le clan prétend aussi descendre. On peut conclure de divers indices que tous les peuples, mêmes les plus élevés dans l'échelle de la civilisation, ont en leur temps passé par ce stade du totémisme. Ma source principale pour mes travaux dans ce domaine furent les ouvrages si connus de J. G. Frazer (Totemism and Exogamy, The Golden Bough) un trésor de faits et d'aperçus précieux. Mais quant à l'élucidation du problème du totémisme, Frazer n'apportait pas grand-chose ; il avait, relativement à ce problème, plusieurs fois radicalement changé de point de vue, et les autres ethnologues et préhistoriens semblaient aussi incertains que divisés en ces matières.

Mon point de départ fut la frappante concordance des deux prescriptions de tabou du totémisme : ne pas tuer le totem et ne se servir sexuellement d'aucune femme du même clan totem, avec les deux parties du complexe d'Oedipe ; ne pas se débarrasser du père et ne pas prendre la mère pour femme. On était par là tenté d'assimiler l'animal totem au père ainsi que les primitifs d'ailleurs le faisaient de façon expresse, en le vénérant comme l'ancêtre du clan. Deux faits vinrent alors, du côté de la psychanalyse, à mon aide : une heureuse observation de Ferenczi sur un enfant permettant de parler d'un retour infantile du totémisme, et l'analyse des précoces phobies d'animaux des enfants, qui montre si souvent que l'animal de la phobie est un substitut du père sur lequel la peur du père, fondée sur le complexe d'Oedipe, a été déplacée. Il ne manquait plus grand-chose pour reconnaître le meurtre du père comme étant le noyau central du totémisme et le point de départ de l'édification des religions.

Je trouvai ce qui me manquait dans The Religion of the Semites, de W. Robertson Smith : cet homme génial, physicien et critique biblique, avait posé en fait que le « repas totémique » constituait une partie essentielle de la religion totémique. Une fois par an l'animal totem, d'ordinaire tenu pour sacré, était solennellement mis à mort, dévoré, puis pleuré, tout ceci avec la participation de tous les membres de la tribu. La période de deuil se terminait par une grande fête. Rapprochais-je de ceci la conjecture de Darwin d'après laquelle les hommes auraient originairement vécu en hordes, dont chacune était sous la domination d'un mâle unique, fort, violent et jaloux, ainsi, avec ces diverses composantes s'édifiait pour moi l'hypothèse, ou, pour mieux dire, la vision d'une suite de faits telle que la suivante :

Le père de la horde primitive avait accaparé en despote absolu toutes les femmes, et tué ou chassé les fils, rivaux dangereux.

Un jour cependant ces fils s'associèrent, triomphèrent du père, le tuèrent et le dévorèrent en commun, lui qui avait été leur ennemi, mais aussi leur idéal. Après l'acte, ils furent hors d'état de recueillir sa succession, l'un barrant pour cela le chemin à l'autre. Sous l'influence de l'insuccès et du remords, ils apprirent à se supporter réciproquement, s'unirent en un clan de frères, de par les prescriptions du totémisme, destinées à empêcher le renouvellement d'un acte semblable, et renoncèrent en bloc à la possession des femmes pour lesquelles ils avaient tué le père. Ils en étaient maintenant réduits à des femmes étrangères : de là l'origine de l'exogamie, si étroitement liée au totémisme. Le repas totémique était la fête commémorative de l'acte monstrueux duquel émanait le sentiment de culpabilité de l'humanité (péché originel), et avec lequel avaient commencé à la fois l'organisation sociale, la religion et les restrictions de la morale.

Que la possibilité d'une telle suite de faits soit à accepter ou non comme historique, l'édification de la religion n'en était pas moins posée sur le terrain du complexe paternel et élevée sur l'ambivalence qui le commande. Après qu'eut été abandonné, comme substitut du père, l'animal totem, le père primitif lui-même, redouté et haï, vénéré et envié, devint le modèle de Dieu. Le défi du fils et sa nostalgie du père luttèrent l'un contre l'autre en de toujours nouvelles formations de compromis, par lesquelles d'une part le meurtre du père devait être expié, d'autre part les bénéfices en devaient être confirmés. Cette conception de la religion jette une lumière particulièrement vive sur les fondements psychologiques du christianisme, dans lequel la cérémonie du repas totémique survit donc encore, fort peu défigurée, sous la forme de la communion.

Je veux expressément faire observer que ce dernier rapprochement n'émane pas de moi, mais se trouve déjà dans Robertson Smith et Frazer.
Th. Reik et l'ethnologue G. Roheim ont, dans de nombreux et remarquables travaux, suivi les voies ouvertes par Totem et Tabou, les ont étendues, approfondies ou corrigées. Moi-même suis revenu quelquefois encore à cet ordre de pensées, ceci à l'occasion de recherches sur le « sentiment de culpabilité inconscient », qui joue un rôle si important parmi les facteurs de la névrose, et à l'occasion d'essais ayant pour but le rattachement plus étroit de la psychologie sociale à la psychologie individuelle. (« Le moi et le ça » « Psychologie collective et analyse du moi ».) J'ai aussi mis en avant, pour expliquer la possibilité de l'hypnose, l'héritage archaïque des temps de la horde primitive.
Maigre est ma part directe à d'autres applications de la psychanalyse,

dignes cependant de l'intérêt général. Des fantasmes du névropathe isolé part un large chemin menant aux créations imaginaires des foules et des peuples, telles qu'elles apparaissent dans les mythes, légendes et contes populaires. La mythologie a été le domaine propre d'Otto Rank ; l'interprétation des mythes, leur rattachement aux complexes inconscients connus de l'enfance, le remplacement d'explications astrales par une motivation humaine furent dans bien des cas le succès de ses efforts analytiques. Aussi le thème de la symbolique a été dans mon cercle l'objet de nombreux travaux. La symbolique a valu à la psychanalyse beaucoup d'ennemis ; beaucoup d'investigateurs d'un par trop sobre bon sens n'ont jamais pu lui pardonner la reconnaissance de la symbolique telle qu'elle résulte de l'interprétation des rêves.

Mais l'analyse est innocente de la découverte de la symbolique, celle-ci était connue depuis longtemps dans d'autres domaines (folklore, légende, mythe) et joue là un rôle même plus grand que dans le « langage du rêve ».
Je n'ai personnellement en rien contribué à l'application de l'analyse à la pédagogie, mais il était naturel que les constatations analytiques relatives à la vie sexuelle et au développement psychique des enfants attirassent l'attention des éducateurs et leur fissent envisager leur tâche sous un nouveau jour. Le pasteur protestant O. Pfister, de Zurich, s'est signalé comme champion infatigable de cette tendance, trouvant d'ailleurs le soin de l'analyse compatible avec le maintien d'une religiosité certes sublimée ; la doctoresse Mme Hug. Hellmuth et le docteur S. Bernfeld, de Vienne, ainsi que beaucoup d'autres, se sont consacrés à cette branche de l'analyse. Une conséquence pratique importante a résulté de l'emploi de l'analyse en matière d'éducation, préventive en ce qui regarde l'enfant sain, corrective en ce qui touche à l'enfant non encore névrosé, mais déjà dévié dans son développement. Il n'est plus possible de réserver aux médecins le monopole de l'exercice de la psychanalyse et d'en exclure les non-médecins. De fait, le médecin qui n'a pas reçu une instruction spéciale en ce domaine est, en dépit de son diplôme, un profane en matière d'analyse, et le non-médecin peut, de par une préparation

appropriée et une collaboration occasionnelle avec un médecin, aussi bien accomplir la tâche du traitement analytique des névroses.
Ainsi, grâce à l'une de ces évolutions contre lesquelles on se défendrait en vain, le mot de psychanalyse lui-même a pris plusieurs sens.

A l'origine il désignait une méthode thérapeutique déterminée maintenant il est aussi devenu le nom d'une science celle de l'inconscient psychique. Cette science peut rarement à elle seule résoudre pleinement un problème, mais elle semble appelée à fournir des contributions importantes aux domaines les plus variés des sciences. Le domaine où s'applique la psychanalyse est en effet de la même ampleur que celui de la psychologie, à laquelle elle apporte un complément d'une puissante portée.
Jetant un regard en arrière sur la part de travail qu'il me fut donné d'accomplir dans ma vie, je puis donc dire que j'ai ouvert beaucoup de voies et donné bien des impulsions, qui pourront aboutir à quelque chose dans l'avenir. Je ne puis moi-même savoir si ce quelque chose sera beaucoup ou peu.

BIBLIOGRAPHIE

J'omets les travaux histologiques et cliniques du temps où j'étais étudiant ou dozent. Mes publications ultérieures, celles qui parurent sous forme de livre, sont ici mentionnées par ordre chronologique.

1884. Über Coca. (De la Coca.)

1891. Klinische Studien über die halbseitige Zerebrallähmung der Kinder.(Études Cliniques sur la paralysie cérébrale hémilatérale des enfants, en collaboration avec le Dr O. Rie.)

1891. Zur Auffassung der Aphasien. (De la conception des aphasies.)

1893. Zur Kenntnis der zerebralen Diplegien des Kindesalter. (De la reconnaissance des diplégies cérébrales de l'enfance.)

1895. Studien über Hysterie. (Études sur l'hystérie, en collaboration avec Joseph Breuer.) Traduction française en préparation par P. Laforgue et A. Berman.

1897. Die infantile Zerebrallähmung. (La paralysie cérébrale infantile) (dans le Manuel de Nothnagel.)

1900. Die Traumdeutung. (7e édition 1922, traduit en français par Meyerson : La Science des Rêves. Alcan, Paris, 1926.)

1901. Der Traum. (Dans Löwensfelds Grenzfragen. Questions frontières de Lœwenfeld) (3e édition, 1922) traduit en français par Hélène Legros : Le rêve et son interprétation, Gallimard, Paris, 1925.

1901. Zur Psychopathologie des Alltagslebens (paru seulement sous forme de livre en 1904, 100 édition, 1924, traduit, en français par le Dr Jankélévitch : La Psychopathologie de la vie quotidienne. Payot, Paris, 1922.

1905. Drei Abhandlungen zur Sexualtheorie. (5e édition, 1922) traduit en français par le Dr Reverchon. Trois essais sur la Théorie de la Sexualité. Gallimard, Paris, 1925.

1905. Der Witz und seine Beziehung zum Unbewussten (4e édition, 1925), traduction française en préparation chez Gallimard, par le Dr M. Nathan et Marie Bonaparte. L'esprit et ses rapport avec l'Inconscient.

1907. Der Wahn und die Träume in W. Jensens Gradiva (30 édition 1924), traduction française en préparation chez Gallimard, par le Dr M. Nathan et Marie Bonaparte. Le Délire et les Rêves dans Gradiva de Jensen.

1910. Uber Psychoanalyse. Conférences faites à Worcester Maso. (70 édition, 1924), traduction française par Yves Le Lay. Cinq leçons sur la psychanalyse. Payot, 1921.

1910. Eine Kindheitserinnerung des Leonardo da Vinci. (36 édition, 1923), traduit en français par Marie Bonaparte : Un Souvenir d'enfance de Léonard de Vinci. Gallimard, Paris, 1927.

1913. Totem und Tabu. (3e édition, 1922), traduit en français par le Dr Jankélévitch. Totem et Tabou. Payot, Paris, 1923.

1916-1918. Vorlesungen zur Einführung in die Psychoanalyse. (4e édition, 1922), traduit en français par le Dr Jankélévitch. Introduction à la Psychanalyse. Payot, 1921.

1920. Jenseits des Lustprinzips, (3e édition, 1923), traduit en français par le Dr Jankélévitch. Au-delà du Principe du Plaisir.

1921. Massenspsychologie und Ich-Analyse (2e édition, 1923), traduit en français par le Dr Jankélévitch : Psychologie collective et analyse du Moi. Payot, Paris, 1925.

1923. Das Ich und das Es, traduit en français par le Dr Jankélévitch (Le Moi et le Soi) [Depuis le mot « ça » été adopté en France pour traduire les « Es » allemand. (Note N. d. T.)].

Ces trois dernières traductions ont été réunies, avec Zeitgemäss über Krieg und Tod (Considérations actuelles sur la Guerre et la Mort) et avec Zur Geschichte der psychoanalytischen Bewegung (Contribution à L'histoire du mouvement psychanalytique) dans les Essais de psychanalyse (tr. Jankélévitch). Payot, Paris, 1927.

Mes nombreux articles sur la psychanalyse et ses applications ont paru, de 1906 à 1922, en les cinq volumes successifs des « Sammlung kleiner Schriften zur Neurosenlehre », (Essais réunis sur la doctrine des névroses). Ils émanent pour la plupart des revues dont je suis l'éditeur. (Internat. Zeitschrift für Psychoanalyse, Imago.)

Dans ces dernières années, l'Internationaler psychoanalytischer Verlag, à Vienne, a entrepris une édition de mes oeuvres complètes, dont actuellement (1924) cinq volumes ont paru [En 1928, onze volumes. (N. d. T.)]. Une édition espagnole de mes couvres complètes (Obras completas) due à Lopez Ballesteros et publiée chez R. Castillo, à Madrid, comprend déjà cinq [Actuellement onze. (N. d. T.)] volumes. La plupart des livres mentionnés dans cette bibliographie et beaucoup de mes essais ont été rendus accessibles par des traductions aux lecteurs étrangers. (p. e. la Psychopathologie de la vie quotidienne, traduite en russe, anglais, hollandais, polonais, hongrois, français, espagnol; l'Introduction à la psychanalyse, traduite en Amérique, Angleterre, Hollande, France, Italie, Espagne, Russie) [Freud a encore publié :

1925. Hemmung, Symptom, und Angst (Inhibition, Symptôme et Angoisse).

1926. Die Frage der Laienanalyse (Psychanalyse et Médecine), traduit en français par Marie Bonaparte, et qui parait dans ce même volume.

1927. Die Zukunft einer Illusion. (L'avenir d'une illusion). traduit en français par Marie Bonaparte. Denoël et Steele. Paris. 1932. (N. d.T.)].

FIN DU TEXTE DE FREUD.

FIN